Mein dänischer Schatz

. Roman.

Band 3

William Clark Russell

Writat

Diese Ausgabe erschien im Jahr 2024

ISBN: 9789359947570

Herausgegeben von
Writat
E-Mail: info@writat.com

Inhalt

KAPITEL I.

WIR SPRECHEN EIN SCHIFF.

Am Nachmittag desselben Dienstags, dem 31. Oktober, war Helga in ihre Kabine gegangen und ich ging an Deck, um eine Pfeife zu rauchen – denn als ich zum Rettungsboot rannte, hatte ich meine Pfeife in der Tasche und Kapitän Bunting hatte mir ein Stück Tabak zum Zerschneiden gegeben.

Wir hatten in einem zu Abend gegessen. Während der Mahlzeit hatten Helga und ich nur sehr wenig gesagt, da wir dem Kapitän die Mühe des Redens überlassen wollten. Er verschonte uns auch nicht. Seine Zunge schien, wie die Seeleute sagen, in der Mitte gedreht zu sein und wackelte an beiden Enden. Sein Geschwätz war eine unendliche Vielfalt von Nichtigkeiten; aber er sprach mit einer einzigartigen Freude am Klang seiner eigenen Stimme und bezog sich dabei in seiner Art unaufhörlich auf Helga, die er weiterhin schweigend und selbstgefällig ansah, auf eine Weise, die sie ständig unruhig machte und sie dazu brachte, nach unten zu blicken und zu schweigen.

Aber an diesem Tisch wurde nichts mehr über unser Verlassen seines Schiffes gesprochen. Tatsächlich waren Helga und ich übereingekommen, das Thema fallen zu lassen, bis sich eine Gelegenheit für unseren Transfer ergeben würde. Wir konnten jedenfalls sehr sicher sein, dass er uns nicht auf den Kanarischen Inseln an Land setzen würde; auch hielt ich es nicht für klug, ihn zu drängen, uns dort an Land zu bringen, denn abgesehen von allen anderen Gründen, die ihn dazu bewegen könnten, uns zurückzuhalten, wäre es unvernünftig gewesen, ihn zu bitten, von seinem Kurs abzuweichen, um uns einen Gefallen zu tun, da wir nicht die Mittel hatten, ihm seine Mühe und den Zeitverlust zu vergelten.

Nach dem Essen zog er sich in seine Kabine zurück. Helga und ich saßen eine halbe Stunde lang an seinem Damebrett; dann ging sie unter Deck und ich, wie schon gesagt, an Deck, um eine Pfeife zu rauchen.

Der Wind hatte seit Mittag aufgefrischt und blies nun eine frische, prickelnde Brise irgendwo nordöstlich her; die Bark war mit Segeln bespannt und als ich das Deck erreichte, sah ich, wie sie unter überhängenden Flügeln aus Leesegeln hindurchwimmelte, hinter ihr eine breite Spur aus frostartigem Schaum und viele fliegende Fische blitzten aus der blauen Krümmung des Buges des Schiffes auf, bevor die polierte Salzlake neben der Focktakelung zu Schaum aufblitzte. Mr. Jones, der Abraham mittags abgelöst hatte, betrat das Deck. Das grimmig dreinblickende, zitronenfarbene Geschöpf mit der verdorrten Stirn und den feurigen Blicken ergriff das Steuer. Als ich mich im Windschatten der Kajütluke duckte, um meine Pfeife anzuzünden, musterte ich ihn neugierig und eindringlich; seltsamerweise war es mir keineswegs peinlich, dass er mich auch anstarrte; was, so nehme ich an, an seiner außerordentlichen Hässlichkeit lag, so dass ich ihn als etwas Außernatürliches ansah, dessen Sensibilität nicht menschlicher Art war, als dass ich sie mit der Vorstellung betrüben könnte, sie zu ärgern.

„Nun, Mr. Jones", sagte ich, als ich das Deck überquerte und die schäbige Gestalt des Maat ansprach, der in schlurfenden Pantoffeln und einer Mütze mit abgebrochenem Schirm, unter der seine fingerhutförmige Nase inmitten seines blassen Gesichts glühte wie – um das arme Geschöpf mit einem eleganten Gleichnis zu würdigen – das Herz einer Gänseblume, von einem Ende zum anderen schlurfte, „das ist ein sehr guter Wind für Sie, aber ein schlechter für mich, wenn man sieht, wie das Schiff fährt. Ich möchte nach Hause, Mr. Jones. Ich bin jetzt fast elf Tage weg gewesen, obwohl ich nur für eine ein- oder zweistündige Kreuzfahrt aufgebrochen bin."

„Es gibt niemanden auf See", sagte er, „der nicht nach Hause will, es sei denn, er hat kein Zuhause, wohin er gehen kann. Das ist bei mir der Fall."

„Woher kommen Sie?"

„Whitechapel", antwortete er, „wenn ich an Land bin. Ich wohne in einem großen Haus, das man das Seemannsheim nennt. Es gibt dort keine Ehefrauen, daher ist es gut, wenn man gerne an Bord geht."

„Das Leben auf See ist hart", sagte ich, „und viel härter als nötig – das glauben Nakier und seine Männer, darauf wette ich. Die religiösen Vorstellungen des Kapitäns werden zu sehr mit Geld finanziert."

„Das Schweinefleisch auf diesem Schiff", sagte er, „ist besser als das Rindfleisch; und was für englische Seeleute gut genug ist, ist auch für Malayen gut genug."

„Ja, aber die Religion der armen Kerle ist gegen Schweinefleisch."

„Lassen Sie sich das nicht einreden, Sir", rief er aus. „Religion! Sie sollten sie auf Englisch fluchen hören! Sie wollen etwas dagegen haben. Das ist die Natur von allem vor dem Mast, ganz gleich, welche Farbe das Fell hat, in das es eingewickelt ist."

„Was für Seeleute sind das?"

„Oh, sie purzeln herum; sie sind wie Affen in der Luft; sie sind durchaus willig; das muss ich sagen."

Ich konnte instinktiv ahnen, dass meine Meinung über den Umgang des Kapitäns mit seiner Mannschaft bei ihm kein Echo finden würde. Armut muss einen solchen Mann zum Geschöpf jedes Schiffsführers machen, mit dem er segelte.

„Haben Sie von Kapitän Bunting den Befehl erhalten", fragte ich, „jedem heimkehrenden Schiff, das vorbeikommt, ein Signal zu geben und es herbeizurufen?"

'Nein Sir.'

„Wir möchten umgeladen werden, wissen Sie, Mr. Jones. Es würde uns leidtun, wenn wir die Gelegenheit eines Heimkehrers verpassen würden, weil der Kapitän es versäumt, Ihnen Befehle zu geben, und weil er zu der Zeit vielleicht unten ist und schläft."

„Ohne seine Anweisungen kann ich nichts tun, Sir", rief er mit einem merkwürdigen Blick, der die Bedeutung eines halben Lächelns annahm.

„Na gut!", sagte ich, als mir auffiel, dass seine kleinen blauen Augen mehr gesehen hatten, als ich ihnen bei den wenigen Gelegenheiten, die er hatte, zu beobachten zutrauen würde.

Der Wind blies das Feuer aus meiner Pfeife, und um den Tabak zu retten, ging ich auf das Achterdeck, um dort im Schutz der Schanzkleider Schutz zu suchen. Während ich paffte, erspähte ich Jacob tief unten in der Lee-Vortakelung, wo er ein Scheuerzeug am Want reparierte oder ersetzte. Ich hatte seit dem Vortag kein Wort mehr mit diesem ehrlichen Bootsmann gewechselt und schlenderte nach vorn, unter den Windschatten der Galeere, um ihn zu begrüßen. Ich fragte ihn, ob er sich in seiner neuen Koje wohlfühle. Er antwortete „Ja"; er war sehr zufrieden; der Kapitän hatte angeordnet, dass er jeden Tag mittags ein Glas Grog trinken sollte; die Verpflegung war ebenfalls sehr gut, und es gab keinen Mangel.

„Soides", rief er mir zu, sein fettes, rotes Gesicht zwischen den Webeleinen eingerahmt, „drei Pfund im Monat, gutes Geld. Wenn ich nach Hause komme, habe ich etwas, das mich ärgert, wenn ich acht Pfund an Sachen und Kleidung verloren habe, und es wird mir leichter fallen, an den Untergang der *Airly Marn* zu denken."

„Sie und Abraham haben sich also regulär für die Rundreise angemeldet?"

„Ja, der Kapitän hat uns heute Nachmittag auf die Posten gebracht. Er hat uns in seine Kabine gerufen und wie ein Juwel mit uns geredet. So jemanden wie ihn trifft man nicht oft auf See. Keine Worte – ein freundliches Lächeln – ein Dankeschön für alles, was ein Mann tut, wenn es richtig gemacht wird – ein Gefühl der Sorge um Ihre Moral und Ihren Komfort: Sagen Sie Ihnen, Mr. Tregarthen, das Aussehen von Kapitän Buntin wird man nicht jeden Tag erleben – zumindest nicht auf Schiffen dieses Typs, wo ein Mann in den Augen des Kapitäns meist ein Hund ist und wo der Maat kein anderes Argument hat als den ersten eisernen Belegnagel, den er herausziehen kann."

„Ich freue mich sehr, dass Sie so zufrieden sind“, sagte ich. „Schade, dass der arme Thomas nicht bei Ihnen ist.“

»Armer Tommy! Nichts in meinem Leben hat mich so gewöhnlich fühlen lassen wie Thomas' Ertrinken. Aber was ihn hier glücklich macht –«

„Ich bitte um Verzeihung, Sir“, sagte eine Stimme dicht neben mir.

Ich drehte mich um, verlor den Rest von Jacobs Beobachtungen und bemerkte das Gesicht von Nakier in der Tür der Kombüse, der von dort, wo ich mich lehnte, nur eine Armlänge von mir entfernt war. Seine Haltung war wie eine versteckte, als wolle er sich vor dem Anblick des Achterdecks verbergen. Als ich hinsah, tauchte hinter Nakiers Kopf ein kupferfarbenes Gesicht mit schwarzen, wütenden Augen auf, die unter einer niedrigen Stirn blitzten, die so runzelig war wie die Schale eines alten Apfels, mit dem Temperament, das in dem Geschöpf brodelte, und verschwand mit einem Atemzug. Jetzt erinnerte ich mich, dass ich, als ich meinen Posten im Windschatten der Kombüse eingenommen hatte, das Zischen eines schnellen, feurigen Flüsterns innerhalb des kleinen Gebäudes vernommen hatte, das aber sofort aufhörte, als ich Jacob rief, und die Sache verschwand aus meinem Kopf, als ich dem Bootsmann in der Takelage zuhörte.

„Entschuldigen Sie, Sir! Darf ich kurz mit Ihnen reden?“

„Was ist los, Nakier?“, rief ich aus und empfand eine Art Vergnügen beim bloßen Anblick seines hübschen Gesichts und seiner edlen, feuchten orientalischen Augen, dunkel und leuchtend wie das Glitzern, das man manchmal in einem mitternächtlichen Meer bemerkt.

„Sind Sie Seemann, Sir?“

„Bin ich nicht“, antwortete ich.

„Können Sie mir das Schiffsrecht erklären?“

Hier kam das kupferfarbene Gesicht wieder zum Vorschein und hing nun mit finsterem Blick fest über Nakiers Schulter; die beiden Kerle hielten jedoch alles außer ihren Köpfen verborgen.

„Ich weiß, was Sie meinen“, antwortete ich. „Ich fürchte, ich kann Ihnen keinen Rat geben.“

„Unser Kapitän würde uns verhungern lassen“, sagte er. „Er gibt uns Fleisch, das wir nicht essen dürfen, und an diesen Tagen haben wir nur Brot und Wasser. Ist das nicht richtig?“

„Nein, im Gegenteil“, sagte ich. „Und wie wenig richtig wir das finden, können Sie aus dem erkennen, was die Dame heute gesagt hat.“

„Ah! Sie ist gut, sie ist gut!", rief er, immer sehr leise sprechend, seine langen, dünnen Finger mit haselnussförmigen Nägeln umklammernd, während er seine wunderbaren Augen nach oben richtete. „Wir sind nicht von der Religion des Kapitäns – das weiß er, wenn wir einschiffen. Ist es unter Engländern gesetzlich vorgeschrieben, ihn dafür zu bestrafen, dass er versucht, uns dazu zu bringen, etwas Verbotenes zu essen?"

„Ich wünschte, ich wüsste es – ich wünschte, ich könnte Ihnen einen Rat geben", sagte ich, insgeheim etwas erleichtert, diesen Mann über Recht reden zu hören; denn als ich ihn an jenem Morgen auf dem Achterdeck beobachtet hatte, hätte ich schwören können, dass die ganze Rechtstheorie seiner und seiner Kameraden in den Klingen ruhte, die in Scheiden ruhten, die sie an den Hüften befestigt hatten. „Eines können Sie sicher sein, Nakier: Kapitän Bunting hat kein Recht, Ihnen Nahrung aufzuzwingen, die Ihnen Ihre Religion verbietet. Es muss in Kapstadt Anwälte geben, die Ihnen sagen, wie Sie mit dieser Angelegenheit umgehen sollen, wenn sie behandelt werden soll. Versuchen Sie in der Zwischenzeit, sich Ihren Kapitän in dieser Angelegenheit als …" Ich tippte mir bedeutungsvoll an die Stirn. „Das wird Ihnen helfen, Geduld zu haben, und die Überfahrt zum Kap ist nicht lang."

Das kupferfarbene Gesicht hinter Nakier zuckte heftig zusammen, die Stirn runzelte sich noch mehr, und der Ausdruck der kleinen, gefährlichen Augen wurde, wenn überhaupt möglich, noch bedrohlicher.

„Er ist ein grausamer Mensch", sagte Nakier mit einem Seufzer, der so klagend war, wie man ihn sich bei einem liebeskranken Mädchen aus dem Osten nur vorstellen kann. „Aber wir werden geduldig sein. Und, Sir, ich danke Ihnen dafür, dass Sie zugehört haben."

Das kupferfarbene Gesicht verschwand.

„Sie sind kein Seemann, Sir", fuhr Nakier fort und lächelte. Dabei entblößten sie die perlweißen Zähne, die nur die schönsten Frauen jemals auf ihren geöffneten Lippen erkennen konnten. „Und trotzdem haben Sie Schiffbruch erlitten?"

Ich erzählte kurz von meinem Abenteuer im Rettungsboot und beendete in wenigen Worten die Geschichte des Floßes und unserer Rettung durch den Logger. Es machte mir wirklich Freude, mit ihm zu reden: Sein Akzent, sein Aussehen waren auf ihre Art eine Art Verwirklichung früher Reiseträume meiner Kindheit; sie trugen mich in Gedanken in die Provinzen der Sonne; ich schmeckte die reifen aromatischen Düfte der tropischen Vegetation, es schien ein Duft wie von der Wasserblase in der blauen und glitzernden Brise, die sanft über die Reling strömte. Er weckte in mir eine Menge alter, sehnsüchtiger Vorstellungen – von dem reich verzierten Elefanten, von der

Düsternis palastartiger Bauten, die Götzen geweiht waren, deren Kuppeln mit Edelsteinen und kostbaren Erzen übersät waren.

Die kurze Pause wurde durch Jacobs schroffe Hafenstimme unterbrochen:

„Es sieht nicht so aus, Mr. Tregarthen, als ob Sie und die Dame so schnell nach Hause kommen würden, wie Sie möchten."

„Nein", antwortete ich. „Siehst du da oben etwas, Jacob?"

Er spuckte aus und blickte gemächlich nach vorne.

„Dann nichts, Sir."

„Entschuldigen Sie, Sir!", unterbrach ihn Nakier. „Können Sie sich mit Navigation auskennen?"

„Das tue ich nicht", antwortete ich, überrascht von meiner Frage, die mich an Punmeamoottys Fragen vom Morgen erinnerte.

„Aber Mr. Vise", fuhr er fort, „kennt er sich mit Navigation aus?"

Ich schüttelte mit einem leichten Lächeln meinen Kopf.

„Er verfügt über einige unbedeutende Kenntnisse", sagte ich. „Glücklicherweise besteht kein Anlass, auf seine Fähigkeiten zu vertrauen."

„Die süße junge Dame kennt die Materie, Sir?"

„Ich stehe nicht dafür ein!", rief ich und sah ihn an. Vielleicht hatte ich in meinen Augen eine plötzliche Einbildung entdeckt. Sein Blick fiel nach unten und er zog den Kopf ein. In diesem Moment erblickte ich Helga an der Leeseite des Achterdecks, die über das Deck blickte. Sie sah mich und winkte. Als ich die Asche aus meiner Pfeife klopfte, rief Jacob:

„Verdammt, wenn ich nicht glaube, dass das da vorne der Rauch eines Dampfers ist."

„Ha!", dachte ich, „Helga hat es gesehen", und machte mich sofort auf den Weg zur Achterleiter.

Es war, wie ich vermutet hatte. Sie hatte den Rauch gesehen, als sie an Deck kam, und sah sich sofort nach mir um. Es war nur ein hauchdünner Schleier, ein ganz schwacher Streifen, so trüb wie der Faden eines Spinnennetzes; aber er war direkt vor uns, und es war leicht zu erraten, dass der Dampfer, wenn er nicht nach Osten oder Westen fuhr, auf uns zukam, denn obwohl das *Licht der Welt* mit sechs oder sieben Knoten hindurchfegte, würden wir einen Dampfer mit dieser Geschwindigkeit ganz sicher nicht überholen.

Im Niedergang lag ein Teleskop in Halterungen; ich holte es und richtete es aus, aber es war nichts weiter zu sehen als die dünne blaue Rauchfahne hinter dem Meeresrand, wo das dunkle, satte Blau in der Mitte zu einem opalfarbenen Farbton aufhellte. Es dauerte jedoch nicht lange, bis ich am Rauch, der an derselben Stelle hing, erkannte, dass der Dampfer direkt auf uns zusteuerte. Ich stellte das Glas ab und sagte zu Mr. Jones:

„Wären Sie so freundlich, den Kapitän anzurufen und ihm zu sagen, dass ein Dampfer in Sicht ist, der auf uns zukommt?"

„Ich habe keinen Befehl, den Kapitän anzurufen, nur um zu melden, dass ein Schiff in Sicht ist, Sir", antwortete er.

„Das mag sein", sagte ich. „Aber hier bietet sich uns die Möglichkeit, das Schiff zu verlassen, und der Kapitän wäre Ihnen vielleicht nicht dankbar, wenn Sie ihn über diese Möglichkeit im Unklaren lassen würden."

„Ich kann nichts dafür, Sir. Meine Pflicht hier ist es, Befehle zu befolgen und das zu tun, was von mir erwartet wird, und nicht mehr." Und mit diesen Worten marschierte er schlurfend nach hinten. Dennoch will ich nicht sagen, dass seine Art, mich zu verlassen, abrupt oder beleidigend war.

„Es ist keine Zeit zu verlieren, Helga", sagte ich. „Wenn dieser Dampfer zehn und wir sechs machen, beträgt die gemeinsame Geschwindigkeit sechzehn Knoten, und er wird schnell auf gleicher Höhe mit uns sein und wieder weg. Ich werde mich persönlich beim Kapitän melden", woraufhin ich auf das Achterdeck ging, in die Kabine und an die Tür von Kapitän Buntings Koje klopfte.

Er rief sofort:

'Wer ist da?'

„Mr. Tregarthen", antwortete ich.

„Bist du allein?", rief er.

Ich sagte ihm, dass das so sei.

„Dann kommen Sie bitte herein", sagte er.

Ich öffnete die Tür und fand ihn in Hemdsärmeln in seiner Koje liegen. Obwohl ich mich voll und ganz auf das Geschäft des Dampfers konzentrierte, der gerade in Sicht kam, fiel mir jetzt, da er nicht mehr unbedingt lächeln musste, doch auf, dass sein übliches Grinsen, wenn sein Gesicht sozusagen nicht im Dienst war, von der Art war, die man sarkastisch nennt. Es war die Form seines Mundes mit der dicken Oberlippe, die das Lächeln verursachte; seine Augen hatten jedoch nicht den geringsten Anteil an diesem Ausdruck der Heiterkeit. Es war jedoch eine reine Laune seiner Natur, und obwohl das angeborene Grinsen seine Schönheit nicht steigerte, ließ es in seinem Gesicht den alten Charakter der Sanftmut, Selbstgefälligkeit und auch einen Hauch von Freundlichkeit unberührt.

„Was kann ich für Sie tun, Mr. Tregarthen?", sagte er, setzte sich sofort in seiner Koje auf und sah sich nach seinem Mantel um.

„Ich muss Sie um Verzeihung bitten, dass ich Sie störe", sagte ich. „Über dem Bug ist der Rauch eines Dampfers zu sehen. Mr. Jones hat sich geweigert, sich bei Ihnen zu melden. Ich wage es, dies zu tun, und ich muss Sie auch bitten, Kapitän Bunting, ihr ein Zeichen zum Anhalten zu geben, damit sie Miss Nielsen und mich empfangen kann."

„Ich wäre sehr gern bereit, Sie zu versetzen, Mr. Tregarthen", sagte er, ohne in seinem Benehmen mehr oder weniger Bedeutung zu zeigen als sonst; „aber Sie dürfen mich nicht, wirklich nicht, bitten, mich in dieser Eile von Ihrer süßen, einnehmenden Begleiterin zu trennen."

„Ich werde Sie ganz bestimmt nicht ohne sie zurücklassen", sagte ich und atmete schnell.

„Genau so", rief er aus, „und ich wünsche auch nicht, dass Sie das tun. Ich möchte, dass Sie Ihre Schiffbrucherfahrung in eine kleine Urlaubskreuzfahrt umwandeln. Ich hoffe, Sie fühlen sich wohl mit mir?"

„Völlig komfortabel. Aber Miss Nielsen und ich möchten trotzdem nach England zurückkehren, und ich muss Sie bitten – ja, Kapitän Bunting, ich muss darauf *bestehen* , dass Sie dem Dampfer, der sich uns schnell nähert, ein Signal geben."

Er öffnete die Augen bei dem Wort „*bestehen*" und ich bedauerte, es in dem Moment benutzt zu haben, als es mir entfallen war. Doch er fuhr sehr ausdruckslos fort, und sein Lächeln war jetzt lebendiger, als wenn er mit uns am Tisch oder an Deck wäre, und hatte das verloren, was ich als sarkastisch empfunden hatte.

„Die Macht eines Kapitäns, Mr. Tregarthen, ist beträchtlich", rief er aus. „Er ist der Erste an Bord seines eigenen Schiffes; sein Wille ist das Gesetz, das das Schiff regiert; niemand an Bord, auf den er keinen Augenblick *bestehen kann. Aber ich wünsche mir herzliche Gefühle* zwischen uns. Lassen Sie uns Freunde sein und wie Freunde reden. Bitte haben Sie Geduld mit mir. Sie sind im Besitz meiner Hoffnungen. Verstärken Sie sie nicht durch Ihr Verhalten."

Er ließ den Kopf schief sinken und musterte mich mit beinahe wehmütigem Blick. Ich glaubte, er wollte mich so lange im Gespräch halten, bis der Dampfer vorbei war.

„Kapitän Bunting", sagte ich, „ich bin ebenso wie Sie geneigt, freundlich zu sein; aber ich muss Ihnen sagen, dass Sie auf eigene Gefahr handeln, wenn Sie unsere Überstellung ablehnen – mit anderen Worten, wenn Sie uns zwingen, diese Reise fortzusetzen. Ich werde Wiedergutmachung verlangen und alles tun, was das Gesetz für mich tun kann. Praktisch entführen Sie Miss Nielsen, und *das* ist, wie Sie wissen müssen, ein höchst strafbares Vergehen."

Er machte eine Geste mit beiden Händen.

„Es ist keine Entführung", sagte er. „Wenn Sie eine junge Dame mit Ihrem Rettungsboot aus einem sinkenden Schiff retten, entführen Sie sie nicht. Ich kann Ihre Ungeduld verstehen und Ihre Gereiztheit verzeihen. Doch hatte ich geglaubt, einen Anspruch auf Sie zu haben, wenn Sie meine Wünsche großzügiger und anständiger interpretieren würden. Was ist der Grund für diese extreme Eile, nach Hause zurückzukehren?"

„Sie verlangen doch nicht, dass ich meine Antwort auf diese Frage wiederhole!", rief ich und zügelte mit Mühe meine Wut.

„Natürlich. Sie sorgen sich um Ihre arme, liebe Mutter. Kommen Sie, Mr. Tregarthen, wir schicken Ihnen mit dem Dampfer, den Sie gemeldet haben, eine Nachricht über Ihr Wohlergehen!" Sein Gesicht strahlte. „Lassen Sie mich sehen – Ihr Zuhause ist – Ihr Zuhause ist –" Er kratzte sich am Kopf. Ich sah ihn schweigend an. „Ah, ich habe es – Tintrenale!" Er buchstabierte es zwei- oder dreimal. „Hugh Tregarthen, Tintrenale. Kommen Sie, der Dampfer wird Ihnen mitteilen, dass es Ihnen gut geht, und dann können Sie beruhigt sein."

„Soll ich das richtig verstehen, dass Sie unsere Versetzung ablehnen?"

„Nein, interpretiere die Gedanken eines anderen niemals zu streng. Du kennst meine Wünsche: jede Stunde macht sie mir lieber und teurer."

Unter all dieser Gleichgültigkeit konnte ich jetzt einen Geist der Entschlossenheit erkennen, der offensichtlich von mir ebenso wenig beeinflusst werden konnte, wie seine Bordwand durch einen Tritt meines Fußes herausgetreten werden konnte. Ich drehte mich um, um die Kabine zu verlassen.

„Wenn Sie an Deck gehen, wären Sie dann so freundlich, Mr. Jones zu mir zu schicken?", sagte er.

Ich zog die Tür zu und holte die Kacke zurück.

„Der Kapitän will Sie", rief ich Mr. Jones zu, der sofort das Deck verließ.

Helga kam zu mir.

„Er weigert sich, uns umzuladen", sagte ich.

„Das wagt er nicht!", rief sie und wurde blass.

„Der Mann, ganz Lächeln und Freundlichkeit, sagt nein, mit einem so festen Vorstoß, als wäre es eine Enterspeer. Wir müssen uns entscheiden, entweder über Bord zu springen oder bei ihm zu bleiben."

Sie faltete die Hände. Ihr Mut schien sie zu verlassen; ihre Augen strahlten vor Angst, die sie erfüllte.

„Kann man denn nichts tun? Ist es möglich, dass wir so völlig in seiner Gewalt sind? Können wir die Mannschaft nicht um Hilfe bitten?" Ein Schluchzen unterbrach ihre gebrochenen Ausrufe.

Ich stand da und sah dem sich nähernden Dampfer zu, während ich mit meinem Verstand darum rang, ihm unsere Lage mitzuteilen, wenn er vorbeifuhr, aber vergebens. Warum, selbst wenn sie in unserer Hörweite durch das Schiff rasen würde, welche Bedeutung hätte ich mit dem kurzen Schrei, den ich vielleicht noch ausstoßen konnte, vermitteln wollen? Ich kann die Wut, die Bitterkeit, die Demütigung und auch das Gefühl der erschreckenden Absurdität unserer Lage nicht in Worte fassen, die in meinem Kopf rauchten, während ich schweigend dastand und den Dampfer anstarrte, Helga neben mir, bleich, die Augen angespannt und schnell atmend.

In der kurzen Zeit, die ich unten war, hatte sich das sich nähernde Schiff auf dem Meer geformt und wurde mit einer Geschwindigkeit größer, die es als Ozeanpostschiff erscheinen ließ. Schon mit bloßem Auge konnte ich den Glanz der Sonne auf dem vergoldeten Wappen an seinem Bug erblicken, und scharfe Lichtblitze, die sich in einer vielfensterigen Deckkonstruktion spiegelten, gingen von ihm aus, so wie es lag, und schwankten langsam und würdevoll, als ob es Kanonen abfeuerte.

Der Kapitän blieb unten. Wenige Minuten nachdem Mr. Jones zu ihm gegangen war, kam er – das heißt der Maat – mit einer großen schwarzen Tafel auf das Achterdeck und legte sie auf das Deck.

„Mit freundlichen Grüßen von Captain Bunting, Mr. Tregarthen", sagte er, „und er wird sich freuen zu erfahren, ob Sie mit dieser Nachricht zufrieden sind."

Auf der Tafel waren mit Kreide in deutlich sichtbaren und entzifferbaren Buchstaben, wie in gedruckter Form, folgende Worte geschrieben:

HUGH TREGARTHEN VON TINTRENALE, DER
IN DER NACHT DES 21. OKTOBERS AUS DER BUCHT
GEWORFEN WURDE, IST SICHER AN BORD DIESES SCHIFFES,
„LIGHT OF THE WORLD", BUNTING, KAPITÄN, NACH
KAPSTADT. BITTE MELDEN SIE SICH.

„Das reicht", sagte ich kalt und nahm meinen Platz an der Reling wieder ein.

Helga sagte leise:

„Was ist der Zweck dieses Gremiums?"

„Sie werden die Schrift an Bord des Dampfers lesen", antwortete ich, „sie werden sie notieren, sie melden, und meine Mutter wird davon erfahren und wissen, dass ich am Leben bin."

„Aber wie wird sie davon erfahren?"

„Oh, die Nachricht wird ganz sicher ihren Weg in die Schiffspapiere finden, und es werden zwanzig Leute in Tintrenale sein, die davon erfahren und es ihr wiederholen."

„Das ist eine gute Idee, Hugh", sagte sie. „Es ist eine Botschaft, die ihr das Herz beruhigt. Sie könnte sie auch so schnell erreichen, wie Sie es selbst könnten, wenn wir an Bord des Dampfers gingen. Es war klug von Ihnen, daran zu denken."

„Es war der Vorschlag des Kapitäns!", rief ich aus.

„Das ist eine gute Idee!", wiederholte sie, und etwas Leben kam in ihr bleiches, bestürztes Gesicht. „Sie werden sich ein wenig glücklicher fühlen. Ich werde mich auch glücklicher fühlen. Es hat mich betrübt, dass Ihre Mutter glauben könnte, Sie seien ertrunken. Jetzt, in ein paar Tagen, wird sie wissen, dass es Ihnen gut geht."

„Ja, das ist eine gute Idee", sagte ich und blickte düster auf den Dampfer. „Aber ist es nicht ungeheuerlich, dass wir auf diese Weise eingesperrt werden? Der Kerl da unten hat kein Recht, uns festzuhalten. Und wenn es mich fünf Jahre meines Einkommens kosten sollte, werde ich ihn bestrafen. Es ist seine Bewunderung für Sie, die ihn rücksichtslos macht – aber was hofft der Schurke? Er sprach davon, dass er bereit wäre, mich zu versetzen, vorausgesetzt, *Sie* blieben."

„Oh, aber du wolltest mich nicht bei ihm lassen, Hugh!", rief sie und packte meinen Arm.

„Dich verlassen, Helga? Nein, wirklich nicht. Aber ich habe heute Morgen bei meinem Gespräch mit ihm einen großen Fehler gemacht. Er fragte mich, ob da etwas zwischen uns sei – ob wir ein Liebespaar seien – und ich sagte nein. Ich hätte mit ja antworten sollen; ich hätte ihm sagen sollen, dass wir verlobt sind; dann wäre er vielleicht bereit gewesen, uns gehen zu lassen."

Sie antwortete nicht. Ich sah sie an und sah einen Ausdruck in ihrem Gesicht, der mir sagte, dass ich zu viel gesagt hatte. Die Winkel ihres kleinen Mundes zuckten, sie warf mir einen flüchtigen Blick zu und versuchte zu lächeln, als sie bemerkte, dass ich sie ansah, dann trat sie einen Schritt von meiner Seite weg, als wolle sie den Dampfer besser sehen.

„Das ist ein schönes großes Schiff", rief Mr. Jones, der sich ruhig an mich genähert hatte; „ein Kapschiff. In sechs Tagen wird es gemütlich im Dock liegen. Als ich das erste Mal zur See fuhr, lachte ich über Dampf. Jetzt wäre ich froh, wenn nichts anderes auf dem Wasser wäre."

Ich wollte am liebsten weggehen, aber mein Temperament hatte sich etwas abgekühlt und erlaubte mir nun, meinen gesunden Menschenverstand wieder einzusetzen. Wenn ich an Bord dieses Schiffes bleiben sollte, konnte es mir keinen Zweck erfüllen, mir Mr. Jones zum Feind zu machen.

„Ja", sagte ich, „sie kommt prächtig voran – offenbar ein Postdampfer. Warum gibt der Kapitän ihr kein Zeichen? Sie würde uns doch sicher empfangen!"

„Daran besteht kein Zweifel", antwortete er fast boshaft. „Aber der Kapitän kennt sein eigenes Geschäft, Sir."

„Wo ist Ihr Flaggenkasten?", rief ich. „Zeigen Sie ihn mir, und ich übernehme die Verantwortung, die Flagge auf Halbmast zu hissen!"

„Nicht ohne den Befehl des Kapitäns, Mr. Tregarthen", sagte er.

„Der Kapitän!", rief ich aus. „Er hat nichts mit mir zu tun. Er ist Ihr Herr, nicht meiner!"

„Er ist der Kapitän dieses Schiffes, Sir, und der Kapitän eines Schiffes ist der Herr über alles an Bord!"

Helga rief leise nach mir. Ich ging zu ihr.

„Reden Sie nicht mit ihm!", flüsterte sie. „Lassen Sie die Leute auf dem Dampfer die Nachricht lesen, dann können wir Geduld haben – zumindest ein wenig", fügte sie hinzu.

„Für eine Weile!", erwiderte ich. „Aber wie lang wird diese kurze Strecke sein? Reicht sie von hier bis zur Tafelbucht?"

Aber inzwischen war der Dampfer auf dem Lee-Bug und würde, wenn wir auf gleicher Höhe wären, nur noch ein paar Kabellängen von uns entfernt sein. Ich dachte bei mir: „Soll ich auf die Reling springen und ihn in Gottes Namen anfeuern, ihm mit den Händen winken, damit er anhält, und darauf wetten, dass seine Leute die wenigen Worte hören, die ich brüllen könnte?" Dann dachte ich schnell darüber nach, dass der Maat jeden solchen Versuch meinerseits mit Sicherheit verhindern würde, und zwar so weit, dass er, so wage ich zu sagen, Hand an mich legte und mich von der Reling riss, sodass ich mich einer Gewalttat aussetzen und gleichzeitig die Gelegenheit verspielen würde, die Nachricht zu überbringen; denn außer dem Maat war niemand auf dem Achterdeck, der das Brett hochhalten konnte, und wenn der Maat mit mir beschäftigt war, musste das Brett verborgen bleiben.

All dies dachte ich, während ich dachte, der Dampfer rausche mit einer Geschwindigkeit von etwa zwölf oder dreizehn Knoten an uns vorbei, während Mr. Jones etwas vor der Besantakelung steht und das Brett auf Armeslänge von sich weg hält.

Das Bild dieses rauschenden Metallgewebes war voll glitzernder Schönheit. Ihr hohes, mit weißen Markisen behangenes Promenadendeck, aus dem die schwarze Säule ihres Schornsteins hervorragte, war voll mit Passagieren beiderlei Geschlechts. Kleider in Weiß, Rosa und Grün - die Damen Südafrikas sind, glaube ich, sehr strahlend gekleidet - flatterten und kräuselten sich im starken Wind, der von der Fahrt des Dampfers aufkam. Die Spaziergänger blieben stehen, um uns zu mustern, und ein Dutzend Ferngläser wurden auf uns gerichtet. Hoch oben auf der weißen Segeltuchbrücke las der verantwortliche Maat die Handschrift auf der schwarzen Tafel durch ein Teleskop, das wie Silber in seinen Händen blitzte. Neben ihm stand, wie ich annehmen wollte, in blitzenden Knöpfen und Spitzen der Kommandant des Dampfers. Die Sonne stand am südwestlichen Himmel; ihr rötliches Strahlen brannte voll auf das Schiff, das schneller vorbeidonnerte, als ein Hurrikan das *Licht der Welt hätte fortwehen können* ; und das Glas in ihrer Reihe von Bullaugen schien in Flammen zu strömen, als ob die hohen schwarzen Eisenseiten regelrecht von Flammen umschlossen wären. In ihren hellgelben Masten waren goldene Sterne und ein Glühen umgab die Goldarbeiten, mit denen ihre Quartiere geschmückt waren. Sie rollte sanft und jede Neigung war wie die Drehung eines Kaleidoskops für Farbtöne. Wie schäbig sah die kleine Barke in diesem Augenblick aus! Wie schäbig ihre armen alten, stumpfen Decks mit ihrer Verzierung aus groben Lukendeckeln, dem schmutzigen Dienstwagen, dem stämmigen Langboot, ganz zu schweigen von den erlesenen menschlichen Details ihres Vorschiffs, den kupferfarbenen Vogelscheuchen, die ihre verschiedenen Aufgaben aufgegeben hatten, um mit ihren schlehenartigen Augen auf das vorbeiziehende Schauspiel zu starren!

Sie war noch nicht mehr als ihre eigene Länge neben ihnen vorbeigerauscht, als der funkelnde Kommandant auf der Brücke mit der Hand wedelte.

„Und das wurde auch Zeit!“, rief Mr. Jones, ließ das Brett herunter und lehnte es gegen die Reling. „Die müssen an Bord dieses Schiffes sehr schlecht im Buchstabieren sein, wenn ich das Brett immer noch hochhalte, als wäre ich eine Marssegelrah, auf die man ein ganzes Segel setzen kann!“

„Was glauben Sie, haben sie die Nachricht gelesen, Mr. Jones?“, rief Helga.

„Oh ja, ja, Fräulein“, antwortete er.

Er rannte mit ausgestreckten Armen und Beinen zum Oberlicht, wo das Teleskop lag, richtete es aus und rief: „Sehen Sie selbst, Miss!“

Sie richtete das Glas mit der Leichtigkeit und Präzision eines alten Seemanns aus.

„Ja“, rief sie mir zu, während sie das Teleskop an ihr Auge hielt. „Der Mann in der Jacke und den Knöpfen schreibt in etwas, das wie ein Notizbuch aussieht. Der andere beugt sich über ihn, als wolle er nachsehen, ob die Worte richtig sind. Ich bin zufrieden!“ Und sie stellte das Glas ab und kam zu mir zurück.

Der Dampfer war jetzt hinter uns und zeigte kaum mehr als seine Breite. Er wurde immer spielzeughafter, während er vorwärts segelte, mit einem ölglatten Kielwasser, das sich fächerförmig von seinem Heck ausbreitete, und dem weißen Schaum, der sich mit dem Glanz des Schnees von beiden Seiten des eisernen Zahns seines scherenden Buges krümmte. Mein Herz schmerzte vor Sehnsucht nach Hause, als ich ihm folgte. In diesem Moment schlugen acht Glocken vorn, und fast sofort kam Abraham nach achtern, um Mr. Jones abzulösen, der, nachdem er ein oder zwei Worte mit dem Bootsmann gesprochen hatte, das Brett aufhob und unter Deck ging.

„Da ist eine Menge Hoffnung verloren, Mr. Tregarthen“, rief Abraham und blickte auf den sich entfernenden Dampfer. „Nicht, dass Jacob und ich nicht zufrieden wären, aber es gibt keinen Zweifel, dass wir Sie und die Dame mitgenommen hätten, wenn es so gewesen wäre, wie Kapitän Bunting sie gebeten hatte.“

„Wir werden hier gegen unseren Willen festgehalten“, sagte ich. „Was der Mann vorhat, weiß ich nicht, aber was er *kann*, sehe ich jetzt. Wenn ich diese schwarzen Kerle nicht dazu bringen kann, das Marssegel zu stützen und uns an Bord des nächsten Schiffes zu bringen, wenn es kommt, müssen wir hier bleiben, bis der Kapitän uns freilässt.“

„Aber was will er von Dir?“, fragte Abraham mit leiser, heiserer Stimme und warf einen Blick zum offenen Oberlicht.

Ich sah Helga an und sagte dann unverblümt – denn ich hatte die vage Hoffnung, dass dieser Bootsmann und sein Maat uns helfen könnten, und deshalb musste ich ihnen die reine Wahrheit sagen: „Kurz gesagt, Abraham, der Kapitän bewundert Miss Nielsen sehr – er hat sich, kurz gesagt, in sie verliebt – und das ist es, was Sie wissen.“

Helga schaute und hörte ohne jede Verlegenheit zu, als ginge es um die Anspielung auf allgemeines und nicht auf individuelles Interesse.

Sie verliebt , Sir? Warum will er Sie dann beide behalten? Hätte er *Sie nicht* an Bord schicken können?"

„Sie überraschen mich!", rief ich. „Glauben Sie, ich würde diese Dame allein auf dem Schiff zurücklassen?"

„Nun, vielleicht nicht", antwortete er. „Aber es ist trotzdem nicht so, als ob *Sie* eine Dame ihres eigenen Geschlechts wären, die mit ihr zusammen war. Ich will damit nicht sagen, dass ein Mann so gut ist wie der andere. Aber ich sehe keinen Grund für *Sie* , alles in diesem Schiff hier zu lassen."

„Was soll ich denn nun verstehen?", rief ich. „Dass Miss Nielsen ohne Beschützer in der Gesellschaft eines Kerls wie Captain Bunting zurückgelassen wird?"

„Aber wenn er bereit ist, ihr Beschützer zu sein, Sir, ist das dann nicht in Ordnung?", erkundigte er sich.

„Hat man Ihnen nicht den Kopf verdreht?", sagte Helga herzlich und mit gerötetem Gesicht.

Er blickte mit langsamem Blick und einem Geist, der sich abmühte, die Schwierigkeit zu meistern, die er nicht verstand, dumm von einem zum anderen.

„Entschuldigen Sie, wenn ich Sie beleidigt habe, Miss", sagte er. „Dieser Kapitän hier ist ein ehrenhafter Mann, das muss ich zugeben, und er ist offensichtlich auf der Suche nach einer Frau. Ich sage nur, was bringt es, Mr. Tregarthen von seinem Zuhause fernzuhalten, wenn er bereit ist, seinen Platz einzunehmen?"

„Aber er darf seinen Platz nicht einnehmen!", rief Helga mit glühenden Augen, in denen ich plötzlich eine Träne sah. „Ich würde mich ertränken, wenn ich hier allein gelassen würde!"

Ein langsames Lächeln belebte Abrahams ledriges Gesicht.

„Dann, Mama, ich bitte um Entschuldigung, aber ich kann nur sagen, Mr. Tregarthen hätte es anders ausdrücken sollen. Wenn es dunkel ist, besteht kein Bedarf für jemanden, und wenn es schon dunkel ist, dann ist es natürlich die Pflicht des Kapitäns, Sie beide so schnell wie möglich nach Hause zu schicken."

„Wenn Kapitän Bunting darauf beharrt", sagte ich, ohne Abrahams Argumentation folgen zu wollen, „was ist dann meine Lösung? Ihr Deal-Bootsleute habt den Ruf, das Gesetz ziemlich gut zu kennen. Erstens: Hat er das Recht, uns gegen unseren Willen mitzunehmen?"

„Bei Kapitänen gibt es nie die große Frage nach dem Recht", antwortete er. „Meine Erfahrung ist, dass der Kapitän eines Schiffes das tut, was er tun *will*, und die Rechtmäßigkeit seiner Handlungen scheint sich irgendwie aus seinem Tun zu ergeben."

„Aber haben wir denn kein Heilmittel?", sagte ich.

„Stellen Sie sich die Frage!", antwortete er. „Wo ist das Heilmittel zu finden?" Und dabei ließ er seinen Blick über das Meer und nach oben und entlang der Decks schweifen.

„Von allen Tröstern Hiobs!" rief ich aus.

„Wenn ich Sie wäre", fuhr er fort, anscheinend verstand er meine Bemerkung nicht, und warf mit noch gedämpfterer Stimme einen weiteren vorsichtigen Blick zum offenen Oberlicht, „würde ich Folgendes tun: Ich würde mich einfach auf Kosten des Herrn hier amüsieren, sein Essen essen und seinen Rum trinken – und ich muss sagen, einen besseren Tropfen Rum als den, den er in seinem Spind aufbewahrt, findet man weder auf See noch an Land. Ich würde auf seine Kosten essen und trinken und meine Stimmung so gut halten, wie es die Umstände erlauben, aber ich würde ihm jeden Tag, vielleicht sogar zweimal am Tag – sagen wir beim Frühstück und beim Abendessen – mitteilen, dass die Dame und ich nach Hause wollen. Und das würde ich tun, bis wir im Hafen ankämen, und dann würde ich Klage gegen ihn einreichen und mit ein paar Pfund Entschädigung auf Schadensersatz nach Hause segeln."

Er hatte kaum aufgehört, als er sich scharf umdrehte und nach achtern marschierte. Während er das tat, stieg der Kapitän die Achterleiter hinauf und rief:

„Was für ein herrliches Wetter, das ist wahr! Mr. Jones teilte mir mit, dass die Nachricht zur Kenntnis genommen wurde. Nun, Miss Nielsen, können wir davon ausgehen, dass unser Freund Mr. Tregarthen vollkommen beruhigt ist."

KAPITEL II.

ICH MACHE KOSTENLOS.

Es war vier Uhr, als der Dampfer vorbeifuhr, und eine halbe Stunde später war er außer Sicht, so schnell waren die Schiffe zusammen unterwegs. Ihr Name stand groß auf ihrem Heck, wenn wir ihn hätten lesen wollen, aber der Maat war zu sehr mit seinem Bord beschäftigt und ich mit meinem Ärger, um die Buchstaben zu notieren, und Helga dachte nicht daran, es zu tun, und so kam es, dass der Dampfer vorbeifuhr, und keiner von uns wusste mehr über ihn, als dass er ein Kap-Union-Postdampfer nach England war und jetzt eine Nachricht an Bord hatte, die für meine Mutter bestimmt war.

Der Kapitän blieb bei uns und war ganz höflich, höflich und bewundernd, wenn er Helga ansprach oder ihr einen Blick zuwarf. Als er zu uns kam, sagte sie schnell und deutete auf den Dampfer, der noch in Sicht war:

„Warum haben Sie zugelassen, dass wir diese Chance verpassen?"

„Mr. Tregarthens und Ihre Gesellschaft", antwortete er, „macht mich so glücklich, dass ich es noch immer nicht übers Herz bringe, mich von Ihnen zu trennen!"

Ihre kleinen Nasenlöcher weiteten sich, ihre blauen Augen glitzerten, ihre Brust hob und senkte sich schnell.

„Du hast dich gestern Samariter genannt!", rief sie mit all dem Spott, zu dem ihre zarte Seele fähig war und der auf ihrem nachdenklichen, hübschen Gesicht zum Ausdruck kam. „Ist das die Art, wie sich Samariter normalerweise benehmen?"

Er betrachtete sie, als wäre sie ein Bild, das nicht in eine neue Position gebracht werden kann, ohne eine neue Anmut preiszugeben.

„Sie sind zu gut und freundlich, um grausam zu sein", sagte er und betrachtete sie mit wachsender Bewunderung, wie es mir schien. „Der Samariter hat seine Rolle gestern ziemlich gut gespielt, glaube ich?" Er verbeugte sich höflich vor ihr mit einem Gesichtsausdruck von exquisiter Selbstgefälligkeit. „Er ist immer noch an Bord, meine liebe junge Dame, mit einem Charakter, der im Wesentlichen unverändert, nur erweitert wurde." Dabei spreizte er seine Finger auf seiner Brust und breitete seine Weste aus, während er sie mit schiefgelegtem Kopf auf eine sehr wissende Art ansah. „Jetzt, da wir unsere Nachricht nach Hause geschickt haben, haben wir es nicht eilig. Unsere kleine Kreuzfahrt", rief er aus und zeigte über den Bug, „ist fast ausschließlich tropisch, und es gibt überhaupt keinen Grund, warum wir sie nicht herrlich finden sollten!"

Ich fing Helgas Blick auf und ermahnte sie mit einem Blick, zu schweigen. Sie heftete ihren Blick auf das Deck, die Lippen leicht angewidert gekräuselt, und ich trat unter dem Vorwand, auf den Kompass zu schauen, nach achtern, mit so viel Verachtung und Wut, dass ich nicht zu sprechen wagte, als ich es zwischen meinen Zähnen aushalten konnte.

Die Brise ließ nach, als die Sonne unterging, und beim Abendessen, als der Kapitän beharrlich zum letzten Mahl ausrief, beruhigte sich das Meer, und die alte Barke mit dem breiten Bug rollte schläfrig, aber mit viel Knarren ihrer rheumatischen Knochen, auf einer langgezogenen, glatten Dünung, die aus Nordosten kam. Ihre Segel schlugen gegen die Masten und riefen aus den hohen Spieren Knalle, die wie Musketenschüsse in die kleine Kajüte eindrangen.

Lange Zeit gab der Kapitän Helga und mir keine Gelegenheit, uns ruhig zu unterhalten. Bei Tisch war er überschwänglicher als zuvor und beunruhigend aufdringlich in seinen Aufmerksamkeiten gegenüber dem Mädchen, das er in Liebhabertönen umschmeichelnd ansprach, wenn sie seine Bitten, ein wenig Wein zu trinken, ein Stück Schinken zu probieren oder dergleichen, ablehnte. Er bat uns, uns ganz wie zu Hause zu fühlen; seine farbige Köchin, sagte er, sei keine erstklassige Hilfskraft, aber wenn Miss Helga jemals eine Vorliebe für sie hätte, müsse sie es nur aussprechen, und es würde dem Koch sehr schlecht ergehen, wenn er ihr nicht nachgab.

„Wir sind keine Jacht", sagte er, zog einen Bart und sah sich um, „aber glücklicherweise müssen bunte Spiegel und schöne Teppiche und die Lebkuchenverzierungen der Vergnügungsboote keinen Teil des menschlichen Glücks auf See ausmachen. Die Sonne scheint auf das *Licht der Welt ebenso hell herab* wie auf das prächtigste Schiff auf See, die Meeresbrise wird über meine Reling ebenso süß schmecken wie über die Brücke des tapfersten Kriegsschiffs, das das rote Kreuz trägt;" und so fuhr er fort, wie üblich in Klaftern des Alltäglichen zu dampfen, jedoch mit einer sanften unterschwelligen Beharrlichkeit, immer darauf zu bestehen, dass wir seine Gäste seien, bei ihm blieben und glücklich seien, als ob wir tatsächlich freudig eingewilligt hätten, anzuhalten, und uns mit großer Freude auf die Reise freuten.

Ich war so kalt und distanziert, wie ich nur sein konnte, antwortete ihm einsilbig, aß, als hätte ich Widerwillen und als hätte ich mich gezwungen, zu verschlingen, nur um Leib und Seele zusammenzuhalten. Aber er schien mein Benehmen nicht im Geringsten zu beachten; ich könnte sogar schwören, dass er es nicht bemerkte. Er war ganz in die Betrachtung von Helga vertieft und in das Vergnügen, seine Weste zu vergrößern und mit einem starren Lächeln und einem etwas lüsternen Blick mehr oder weniger durch die Nase die langweiligen, trivialen, faden Inhalte seines Geistes freizugeben.

Er bat das Mädchen, mit ihm Dame zu spielen, nachdem Punmeamootty den Tisch abgeräumt hatte. Als sie ablehnte, holte er aus seiner Kabine den Band von Jeremy Taylor – ich glaube, es war „Heiliges Leben und Sterben" von diesem Geistlichen – und bat um Erlaubnis, ein paar Seiten vorlesen zu dürfen. Sie konnte nicht ablehnen, und ich sehe diesen außergewöhnlichen Schiffskapitän jetzt noch vor mir, wie er unter der Lampe steht, den stämmigen Band mit beiden Händen hochhält, auf die Seite lächelt, zwischendurch innehält, um über den Rand des Buches hinweg auf das Mädchen zu blicken und dabei mit einem Nicken seine Bewunderung auszudrücken, und er las nasal und ohne die leiseste Betonung, so dass seine Darbietung aus einiger Entfernung wie ein anhaltendes Stöhnen geklungen haben muss. Dann bat er sie, ihm vorzulesen.

„Könnte es für uns ein größeres Vergnügen geben", sagte er und sah mich an, „als die reichen, edlen und eindrucksvollen Worte dieses großen Bischofs aus dem Mund von Miss Helga Nielsen zu hören?"

Sie lehnte jedoch knapp ab, und nachdem er noch eine halbe Stunde um sie herumgelungen war, wobei ich eine wachsende Miene in ihm bemerken konnte, die auf ihre Art deutlich seine völlige Zufriedenheit mit den Fortschritten, die er machte, zum Ausdruck brachte, zog er sich in seine Kabine zurück.

Helga sah mich müde und bestürzt an und befeuchtete ihre Lippen.

„Das ist schlimmer als das Floß", sagte ich.

„Es ist so schlimm", rief sie aus, „dass ich überzeugt bin, dass es nicht so weitergehen kann."

„Lasst uns an Deck gehen. Wenn wir hier verweilen, kann er sich uns wieder anschließen. Wie tragisch das Ganze ist, erkennt man an der Komik der Sache."

Wir gingen leise zur Nebentreppe, und ich weiß noch, dass ich mich umdrehte, um zu sehen, ob er uns folgte. Ich kann mich an keinen besseren Beweis dafür erinnern, dass ich mir unserer Hilflosigkeit vollkommen bewusst war.

Der Neumond war der Sonne gefolgt, und der Planet würde sich nachts erst in zwei oder drei Tagen zeigen; aber im Süden und über unseren Mastspitzen war der Himmel reich mit Sternen übersät, die in ein oder zwei Farben der Herrlichkeit und sehr scharf brannten, weshalb ich aufgrund der Erinnerung an einen ähnlichen Anblick zu Hause annahm, dass raues Wetter im Anmarsch war. Im Nordosten gab es ein paar kleine Blitze in einem zarten

Violettton, die in diesem Teil der Welt tatsächlich nicht aufgefallen wären, wenn sie nicht die bergigen Wolkenhaufen enthüllt hätten, die eine schwarze, düstere Masse enthüllten, die sich in diesem Viertel entlang der Meereslinie erstreckte und der Dämmerung, die in glitzernder Dunkelheit bis in den Schatten davon fegte, einen Farbton wie von Tinte verlieh. Es gab viel grünliches Feuer im Meer, und es breitete sich in weiten Bereichen im Auftrieb der lautlosen Dünung aus und schrumpfte, als ob die Strahlen einer getönten Laterne auf das Wasser geworfen würden. Es gab reichlich Tau, der sich entlang der Reling und auf dem Oberlicht konzentrierte und im Sternenlicht frisch wie Frost wirkte.

Es war Abrahams Wache, und ich erspähte seine Gestalt, die schwerfällig in der Nähe des Steuerrads herumhuschte, an dem die Gestalt eines farbigen Mannes stand, reglos, als sei er aus Ebenholz geschnitzt, und vom Schein der Laterne des Steuerhauses leicht berührt. Ich war nicht in der Stimmung, mich mit dem Bootsmann zu unterhalten. Sein dummes Gerede an jenem Nachmittag als Antwort auf meine Fragen hatte mich geärgert, und ich war immer noch wütend auf den Narren, wie ich ihn mir vorstellte, trotz der Ansprüche, die er auf meine Freundlichkeit und Dankbarkeit hatte.

Ich legte Helgas Hand unter meinen Arm und wir patrouillierten ruhig das Deck in Lee. Unser Gespräch drehte sich ausschließlich um unsere Position – es wäre nur zum Ärgern, wenn man es wiederholte. Es gab nichts vorzuschlagen, keinen Plan vorzuschlagen; denn so sehr wir auch dachten, rieten und Pläne schmiedeten, es konnte nur darauf hinauslaufen: Wenn der Kapitän sich weigerte, sich von uns zu trennen, dann mussten wir anhalten, es sei denn, die Männer stellten sich auf unsere Seite und bestanden darauf, uns an Bord eines vorbeifahrenden Schiffes zu bringen. Aber wenn die Mannschaft auf unserer Seite stand, wäre das eine Meuterei mit ihnen; und so verwirrend unangenehm unsere Lage auch war, so absurd und lächerlich elend sie auch war, so würde sie doch ganz sicher nicht durch eine Revolte unter diesen dunkelhäutigen Leuten vorn verbessert werden.

Doch während ich mit dem Mädchen spazieren ging, hatte ich den Gedanken im Kopf, die Malayen dazu zu bewegen, sich mit uns anzufreunden.

„Gott bewahre mich", sagte ich, „dass ich dabei meine Finger im Spiel habe. Trotzdem glaube ich, dass es möglich ist. Ich habe heute kurz mit Nakier gesprochen, und seine Fragen und sein Benehmen haben mich überzeugt, dass der Zug bereit ist und nur noch der Funke fehlt."

„Eine Meuterei ist auf See eine schreckliche Sache", sagte sie. „Und wovor würden Männer wie die Besatzung dieses Schiffes zurückschrecken?"

„Ja, nichts Schrecklicheres, Helga. Aber werden wir zum Kap gebracht?"

„Der Kapitän hat nicht die Absicht, in Santa Cruz anzulaufen", sagte sie.

„ *Darüber* können wir uns sicher sein. Aber meint der Kerl etwa, dass Sie Woche für Woche ohne andere Kleidung auskommen müssen als die, in der Sie aufstehen?“

Ich wurde von Abraham unterbrochen, der in die Dunkelheit vorn einen Orkanschrei aussandte, der ein paar Hände herbeirief, um das Fock- und Großsegel einzuholen, und andere, um das Gaffelmarssegel achtern hinzulegen und herunterzuziehen.

„Heute Abend wird es stürmen, Mr. Tregarthen“, rief er mir zu.

„Ja, und Sie sehen vielleicht auch, woher es kommt“, antwortete ich, ohne bis dahin gewusst zu haben, dass er uns beobachtet hatte.

Innerhalb weniger Augenblicke wurde die Stille, die über dem Schiff geherrscht hatte und die nur durch das gelegentliche Schluchzen des Wassers und das Schlagen der Leinwand, die am Mast eingerollt wurde, gestört wurde, durch die seltsamen heulenden Geräusche der farbigen Seeleute unterbrochen, die die Ausrüstung einholten.

„Setzt die Segel ein, meine Jungs!“, brüllte Abraham. „Und der Rest von euch legt sich nach achtern und holt dieses Besansegel ab.“

„Es ist wunderbar, dass die Jungs den Mann verstehen“, sagte ich.

„Da ist der Kapitän!“, rief Helga, blieb augenblicklich stehen und wich dann so zurück, dass ich einen Schritt mit ihr zurückwich.

Er stieg durch die Luke zur Kabine hinauf. Im schwachen Licht, das durch das Oberlicht der Kabine fiel, war sein Umriss undeutlich zu erkennen. Abraham sprach ihn an.

„Ganz richtig, Wise, sehr weise von Ihnen, Wise!“, rief er aus. „Der Barometerstand ist deutlich gefallen, und ich sehe Blitze im Nordosten, mit vielen zerklüfteten Wolken dort unten.“ Seine schattenhafte Gestalt trat an das Kompasshäuschen heran, in das er einen Moment lang hineinspähte. „Ich denke, Wise“, sagte er – und, um es mit einem Paddy-Wort zu sagen, ich konnte das starre und eigenartige Lächeln des Mannes in der öligen Stimme seines Akzents *sehen* – „dass Sie nichts Besseres tun können, als nach vorne zu gehen und alle Mann aufzurütteln. Ich kann mich am besten auf meine Mannschaft verlassen, wenn das Wetter ruhig ist.“

Abraham stapfte vorwärts, und eine Minute später hörte ich, wie er heftig gegen die Vorderluke hämmerte und die Schläge mit dem heiseren Brüllen eines Bootsmanns übertönte: „Alle Mann, Segel reffen!“

„Die Höflichkeit des Kapitäns“, sagte ich, „wird dazu führen, dass der Bootsmann aus Deal zu seinen Füßen sitzt.“

„Vielleicht hat er Angst vor seiner Mannschaft", antwortete Helga, „und verhält sich so, dass er sicher sein kann, dass die beiden Männer ihm beistehen, falls es zu Schwierigkeiten kommt."

„Es war ein schwerer Schlag, der den Lugger der Jungs versenkte. Wir hätten den Dampfer heute sehen können und wären jetzt mit einer Geschwindigkeit von vierzehn Knoten pro Stunde auf dem Heimweg."

„Und es ist alles meine Schuld!", rief sie in einem Tonfall, der von Bedauern und Wut erfüllt war. „Aber für mich, Hugh –"

Ich brachte sie zum Schweigen, indem ich ihre Hand, die in meinem Arm lag, ergriff und drückte. Sie kam näher an mich heran, mit einer liebkosenden, aber auch wehmütigen Bewegung, die doch zart und einfach war.

Ich zweifelte nicht daran, dass der Kapitän uns bemerkte; dennoch blieb er in der Nähe des Steuerrads und kam nie weiter nach vorn als bis zur Kajütluke, während wir uns am anderen Ende des kleinen Achterdecks hielten, wo der Schatten der Backbordflügel des Großsegels schwer lag.

Kurz nachdem Abraham die Männer herbeigerufen hatte, wimmelte es auf dem Deck von gleitenden Gestalten, und die Stille der Nacht über dem Meer war erfüllt von papageienartigen Schreien. Die Blitze hatten aufgehört, aber die Dunkelheit wurde immer tiefer, und am Himmel begannen die Sterne in der projizierten Düsternis der wachsenden Wolkenmasse zu schwinden, die nun, da kein violettes Feuerspiel mehr darauf zu sehen war, in ihrer eigenen stummen, brütenden Dunkelheit nicht mehr zu erkennen war.

„Was auch immer kommen wird, wird plötzlich geschehen", sagte ich.

Nachdem der Kapitän angekommen war, wollte keiner von uns mehr das Deck verlassen, und wir stiegen die Leiter hinab und betraten die Kabine. Unter anderen Umständen wäre ich der Mannschaft gern und sogar eifrig beigestanden, aber jetzt war ich entschlossen, kein Seil anzufassen, eine möglichst mürrische Miene zu wahren und zu zeigen, mich von Helga fernzuhalten, meinen Unmut durch mein Verhalten zu zeigen und vielleicht – aber Gott weiß, dass ich darauf keine Hoffnung hatte – den Kerl einzuschüchtern und uns freizulassen, indem ich ihm klarmachte, dass er schon viel zu weit gegangen war. Es herrschte viel Lärm auf dem Deck; Mr. Jones brüllte vom Vorschiff und Abraham von der Hüfte, und die Lieder der Malayen hätten leicht als die Schreie von Menschen durchgehen können, die sich vor Schmerzen krümmten. Offenbar war der Kapitän durch die Anzeichen im Glas und die Wetteraussichten im Nordosten beunruhigt und entblößte sein kleines Schiff so schnell wie möglich. Jetzt erklang seine eigene Stimme, und obwohl sie deutlich zu erkennen war, war sie weder nasal noch fade oder schmierig. Im Gegenteil, sein Gebrüll schien von einem Paar ehrlicher Seeleute zu stammen, als ob das Seefahrertum in ihm durch das

Wetter aufgeputscht worden wäre und sich als zu stark für die seifige Oberfläche seines üblichen Benehmens erwies.

„Er kann natürlich sein, wenn er sich selbst vergisst“, sagte ich.

„Es ist durchaus möglich, dass er manchmal flucht“, sagte Helga.

„Ein Hauch von Natur in dem Kerl würde mir beinahe ein angenehmes Gefühl geben“, rief ich aus.

„Er ist kein richtiger Seemann. Er könnte nie für längere Zeit ein natürlicher Seemann sein“, sagte Helga.

Das Getrappel der nackten Füße der Mannschaft klang wie das Geräusch eines Regenschauers. Helga schien alles verfolgen zu können, als stünde sie an Deck und würde die Mannschaft dirigieren.

„Sie haben dieses Segel eingerollt – sie reffen jenes Segel – jetzt ziehen sie dieses und jenes Focksegel herunter – jetzt verstauen sie das Großsegel“, pflegte sie zu sagen, wobei sie den Segeln ihre richtigen Namen gab und mich mit einem kleinen Lächeln in ihren feuchtblauen Augen ansah, als ließe das Interesse an der Arbeit der Seeleute sie unsere Sorgen vergessen.

„Seien Sie so nautisch, wie Sie wollen“, sagte ich. „Ich höre Ihnen gern zu, wie Sie die seltsame, ungehobelte Sprache des Meeres aussprechen. Aber hüten Sie Ihre Lippen vor dem Kapitän. Je mehr Seemann Sie sind, desto mehr wird er Sie bewundern.“

„Was bringt ihn dazu, mich zu hassen?“, rief sie aus, während das Licht des Lächelns aus ihren Augen verschwand und ihre weiße Stirn sich zusammenzog. „Wie soll er angewidert sein?“

„Oh, was kann man tun? Was kann ein hübsches Mädchen tun, ohne die Leidenschaft eines Mannes zu steigern, der sich in sie verliebt hat?“

„Nennen Sie mich hübsch, wenn Sie wollen“, sagte sie und senkte mädchenhaft die Augenlider, „aber sprechen Sie nicht von mir wie von einem Mädchen, in das sich irgendjemand verliebt hat.“

„Bei Gott!“, sagte ich, erschrocken und seufzend, während ich auf die Uhr sah, deren Zeiger jetzt auf neun standen. „Der Weg nach Kolding wird immer länger. Aber wir werden ihn messen – wir werden ihn noch messen, Helga!“, fügte ich schnell hinzu, zutiefst betrübt über den Kummer, der sich in ihr Gesicht legte.

„Was für ein seltsamer Traum war das die ganze Zeit!“, murmelte sie halb und presste die Augen zusammen. „Mein Vater stand letzte Nacht an meiner Seite; ich fühlte seinen Kuss – oh, Hugh! Es war kälter als das Salzwasser draußen." Sie stieß einen Ausruf auf Dänisch aus und schüttelte dabei leidenschaftlich den Kopf.

„Ich hoffe, Sie fühlen sich unten wohl", rief eine nur allzu vertraute Stimme, und als ich aufblickte, erspähte ich im offenen Fensterrahmen des Oberlichts den langen Kotelettenbart und das lächelnde Gesicht von Captain Bunting.

Helga erholte sich wie von einem Schock und erstarrte zu Marmor, bewegungslos und mit einer Verhärtung ihrer Gesichtszüge, die ich angesichts der sanften, unbefangenen Schönheit ihres Gesichts für unmöglich gehalten hätte.

„Ich fürchte", fuhr er durch das Oberlicht fort, „dass uns schlimmes Wetter bevorsteht; aber meine Barke ist leer und fast bereit für die Schlägerei. Es tut mir leid, dass ich nicht zu Ihnen kommen kann, Miss Nielsen. Ich muss an Deck bleiben. Sie nehmen keine Erfrischung zu sich. Ich werde Ihnen Punmeamootty schicken. Bitte geben Sie ihm Ihre Befehle."

Seine Schnurrhaare schwebten wie zwei Rauchwölkchen in die Dunkelheit, und er rief, aber mit vornehmer Stimme, denn Helga hörte jetzt zu, und er wusste es, Abraham zu, er solle Punmeamootty schicken, „um seine Gäste in der Hütte zu bedienen". Einen Moment später tauchten seine Schnurrhaare wieder auf.

„Ich muss Sie bitten, Miss Nielsen, sich hier als Herrin zu betrachten. Und bevor Sie sich zur Ruhe begeben – und was auch immer geschehen mag, schlafen Sie ruhig, denn *ich* werde das Schiff im Auge behalten – darf ich Sie bitten, Mr. Jones' Koje einzunehmen, die Sie viel luftiger und bequemer finden werden als das dunkle, enge Zwischendeck?"

„Ich bin mit meiner Unterkunft sehr zufrieden, danke", antwortete sie, ohne aufzusehen.

Er schüttelte jugendlich den Kopf, als Vorwurf für sein Benehmen, das nichts weiter als eine bezaubernde, mädchenhafte Launenhaftigkeit zu sein schien, und fügte hinzu: „Gut, ich bitte Sie beide, sich ganz wie zu Hause zu fühlen", und dann verschwand er.

Punmeamootty kam. Er kam lautlos wie ein Geist und mit den gleitenden Bewegungen, die man sich bei einem Phantom vorstellen konnte. Ich sagte zu Helga:

„Abrahams Philosophie soll auch meine sein. Mein Temperament soll mich nicht davon abhalten, die Speisekammer unseres Freundes zu nutzen. Du hast gerade gefragt, was ihn krank machen wird. Lass uns ihn aufessen und austrinken! Punmeamootty, wann wird der Sturm losbrechen?"

„Es wird nicht lange dauern, Sir", antwortete er und zeigte die Zähne.

„Stellen Sie das beste Abendessen auf den Tisch, das Sie finden können. Haben Sie nichts Besseres zu trinken als Rum?“

„Da ist Wein, Sir.“

„Ja, und sehr schlechter Wein auch. Haben Sie keinen Brandy?“

„Ja, Sir, der Kapitän hat einen erlesenen Brandy gegen die Übelkeit.“

„Stell eine Flasche davon auf den Tisch, Punmeamootty, und beeil dich, guter Kerl, und serviere das Essen, bevor dieses süße kleine Schiff anfängt, Ärger zu machen.“

Er fletschte noch einmal die Zähne, warf einen Blick zum Oberlicht hinauf, warf Helga dann einen kurzen Blick tiefen Interesses zu und schlich sich dann davon.

Mit wunderbarer Gewandtheit hatte er das Tuch ausgebreitet und Schinken, gesalzenes Rindfleisch, Kekse und ähnliche Dinge auf den Tisch gelegt.

„Jetzt zieh den Korken!“, sagte ich.

Das Knallen ließ die Schnurrhaare wie durch Zauberhand zum offenen Oberlicht emporsteigen.

„Ganz recht, ganz recht!“, rief der Kapitän. „Ich hoffe, Miss Helga, dieses Essen haben *Sie* bestellt? Was haben Sie da, Punmeamootty?“, rief er plötzlich aufgeregt. „Das ist Brandy, glaube ich?“

„Ich habe es bestellt!“, rief ich mürrisch.

„Bitte gehen Sie behutsam damit um“, sagte er mit einem Anflug von Schärfe in seiner Stimme. „Es ist ein guter, kräftiger Brandy, und ich habe nur drei Flaschen davon.“

Ich gab keine Antwort und er verschwand.

„Auf mein Wort, ich glaube, Abraham hat doch recht!“, sagte ich lachend. „Jetzt, Helga, bestrafe ich ihn, wenn der Weg zu seiner Sensibilität über Schinken und Rindfleisch führt!“

Wie ich sehen konnte, tat sie so, als würde sie essen, nur um mir eine Freude zu machen. Obwohl ich nicht sehr hungrig war, schärfte ich eifrig mein Messer und stürzte mich mit allem Anschein von Gier auf das Rindfleisch und den Schinken, ohne zu bezweifeln, dass wir von Zeit zu Zeit verstohlen vom Kapitän beäugt werden würden, der uns ohne Probleme ungesehen beobachten konnte, wenn er durch das Oberlicht ging, und der das Klappern des Geschirrs, das Schärfen meines Messers und meine Rufe an den Steward sehr gut mithören konnte, so still ging die Nacht weiter, als ob eine große Stille der Erwartung über dem Ozean ruhte.

Ich füllte ein Glas Branntwein mit Wasser und rief mit lauter Stimme:

„Auf unsere baldige Freilassung, Helga! Aber wenn das nicht passieren soll, dann auf die sicherste und schnellste Überfahrt, die dieser verrückte alte Eimer machen kann. Und auf die weiteren Schritte!“

Der farbige Steward stand da und sah mit einem verwunderten Grinsen zu.

„Das ist ein toller Brandy, Punmeamootty!“, rief ich mit einer Stimme, die man vielleicht auf dem Vorschiff gehört hätte. „Noch einen Schluck, wenn es Ihnen recht wäre! Danke! Ich werde mir bedienen.“

Es war nur ein Tropfen, denn ich hatte genug getrunken; doch durch meine Haltung achtete ich darauf, einem Auge, das mich von oben beobachtete, klarzumachen, dass ich die Flasche nicht schonte.

„Sie können aufräumen, Punmeamootty. Und wenn Sie eine Zigarre finden, wäre ich Ihnen dankbar, wenn Sie sie mir bringen würden.“

„Na, und wie kommen wir voran?“, rief der Kapitän und beugte seinen Kopf zum Oberlicht.

„Wir haben zu Abend gegessen, danke“, antwortete ich hochmütig und kühl. „Punmeamootty, eine Zigarre, wenn es Ihnen recht ist!“

Der Kopf des Kapitäns verschwand.

„Ich weiß nicht, wo der Kapitän seine Zigarre aufbewahrt“, sagte Punmeamootty.

„Plündert seine Kabine!“, sagte ich laut.

Der Kerl schüttelte den Kopf, doch sein Grinsen war vergnügt, und in seinen Augen lag ein Ausdruck der Begeisterung, der durch das eigentümlich scharfe Funkeln, das ihre dunklen Tiefen erhellte, eine gewisse Wildheit ausstrahlte. Ich wollte gerade etwas sagen, als Helga die Hand hob.

„Hört!“, rief sie.

Ich spitzte die Ohren und hörte ein Geräusch, das dem leisen Stöhnen der Brandung ähnelte, das man aus der Ferne hörte.

„Um dieses Geräusch zu erzeugen, ist mehr als eine Kappe voll Wind nötig“, sagte ich.

Ein heller Blitz zuckte durch das Oberlicht und verdunkelte mit seinem blendenden bläulichen Schein die Kabinenlampe. Ein leiser Donnerschlag folgte. Ich hörte den Kapitän einen Befehl schreien; im nächsten Moment wurde das Oberlicht hastig geschlossen und eine Plane darüber geworfen.

„Bring mir mein Ölzeug, Punmeamootty!", rief der Kapitän die Niedergangstreppe hinunter. Der Mann rannte mit den Sachen an Deck.

„Kann das Regen sein?", rief Helga.

Es war tatsächlich Regen! Eine wahre Lawine aus Nässe, geladen mit riesigen Hagelkörnern. Das Brüllen der rauchenden Entladung auf den Planken war absolut ohrenbetäubend. Es dauerte etwa ein paar Minuten, dann hörte es mit erschreckender Plötzlichkeit auf, und man hörte nichts als das brandungsartige Stöhnen, das jetzt einen tieferen und aufregenderen Ton angenommen hatte, vermischt mit dem wilden Schluchzen in den Speigatten und einem melancholischen Zischen von Nässe, als das Wasser auf dem Achterdeck im leichten Rollen der Barke von einer Seite zur anderen spritzte. Noch volle fünf Minuten vergingen in Stille, während das Grollen des Donners der noch fernen, sturmgepeitschten See immer heftiger wurde. Es war, als stünde man am Eingang eines Tunnels und lauschte dem zunehmenden Rattern und Rumpeln eines langen Zuges von Güterwagen, der im Schlepptau einer keuchenden Lokomotive näher kam.

Dann traf der Wind mit einem Hauch die Barke, und sie neigte sich nach unten. Der Winkel war so unglaublich heftig, dass ich mit Sicherheit glaube, dass die Barke für die Dauer von etwa zwanzig oder dreißig Sekunden vollständig auf ihren Balkenenden lag, so als ob sie hoch und trocken auf einer Sandbank gesessen hätte, und es gab ein schreckliches Geräusch von Wasser, das über die unter Wasser liegende Reling des Hauptdecks auf ihr Deck strömte.

Helga saß in Luv und der Tisch stützte sie, aber der Stuhl, auf dem ich saß, brach mit mir weg, und ich fiel der Länge nach auf den Rücken, mitten in ein Durcheinander des Tischinhalts, den Punmeamootty noch nicht weggeräumt hatte. Das ganze Durcheinander stürzte mit einem gewaltigen Krachen auf mich zu; das Rindfleisch, der Schinken, die Flasche Brandy, die jetzt in tausend Stücke zersplittert war, die Marmeladentöpfe, die Kekse, die Messer und Gabeln – inmitten all dieser Dinge lag ich, und das Deck war so schief, dass ich kein Glied rühren konnte. Helga kreischte.

Ich schrie:

„Ich bin nicht verletzt. Ich werde aufstehen, sobald ich kann." Jemand brüllte heiser vom Achterdeck; doch was auch immer der Schrei bedeutet haben mochte, ihm folgte sofort ein lauter Knall, der dem Knall einer 24-Pfünder-Kanone ähnelte. „Da geht ein Segel!", rief ich. Das Schiff erwachte zum Leben, als es von der Plane befreit wurde, was auch immer es war; der Rumpf erholte sich allmählich und lag bald auf ebenem Kiel, fuhr sanft wie ein Schlitten über eine ebene Schneefläche, wurde jedoch von einem so infernalischen Brüllen und Schreien und ohrenbetäubendem Pfeifen des Windes begleitet, dass ich mir nichts Vergleichbares vorstellen kann.

Ich wartete eine Weile, dann bat ich Helga, dort zu bleiben, wo sie war, und ging auf das Achterdeck. Zwischen den Reling herrschte jedoch pechschwarze Dunkelheit, und in der Schwärze auf beiden Seiten draußen lag eine Art Reif, der vom Schaum aufstieg, von dem der Ozean jetzt ein einziges riesiges Feld war. Ich stieg die Achterleiter hinauf, wurde aber sofort von der Gewalt des Windes geblendet, der voller Nässe war, und war froh, wieder in der Kabine zu sein; denn ich konnte nicht helfen, und zu einem solchen Zeitpunkt gab es weder Fragen zu stellen noch Antworten zu erhaschen.

KAPITEL III.

JOPPA MEINT ES ERNST.

Es war etwa halb zehn, als uns dieser Sturm erfasste, aber seine Kraft und sein Gewicht waren so groß, sein sichelartiger horizontaler Schwung so platt und scherend, dass bis zehn Uhr kein nennenswerter Seegang aufgekommen war, und dann begann er tatsächlich hoch zu laufen. Während dieser ganzen Zeit war kein menschliches Stimmengeräusch zu hören, aber zu dieser Stunde wurde über unseren Köpfen ein Befehl gegeben, und als ich auf das Achterdeck ging, konnte ich undeutlich die Gestalten von Männern erkennen, die an den Vorböcken zerrten; aber sie zogen stumm; kein Lied brach aus ihnen hervor; sie schwiegen, als ob sie in Angst und Schrecken wären. Etwas später erkannte ich an den Bewegungen der Barke, dass sie in den Wind gebracht worden war und beigelegt lag.

Dass nur wenige Schiffe besser zu tauchen und zu rollen wissen als dieses alte *Licht der Welt,* hätte ich anhand ihres Verhaltens bei ruhigem Wetter erraten können, wenn nur eine leichte Dünung sie emporhob. Aber ich hätte nie erraten können, wie erstaunlich ihre Geschicklichkeit in der Kunst des Taumelns war. Sie schwebte und sank wie ein leeres Fass. Sie durchfuhr jede Senke mit einer Erschütterung, die ihre Knochen in Stücke zu reißen drohte, als wäre sie aus gewaltiger Höhe durch die Luft geschleudert worden; und wenn sie einen Abhang hinaufschwang, hatte man das Gefühl, gewaltsam emporgehoben zu werden, wie von einem Ballon oder vom Griff eines Adlers. Stöhnen und Schreie stiegen aus ihrem Inneren auf, als hätte sie tausend elende, sterbende Sklaven – Männer, Frauen und Kinder – in ihrem Laderaum eingesperrt.

„Das", sagte ich zu Helga, „ist schlimmer als die *Anine* ."

„Aber an jenem Samstagabend wehte es stärker als heute", antwortete sie und beobachtete mit heiteren Augen und festem Gesichtsausdruck das wilde Schwingen der Kajütenlampe. „Ich habe mehr Angst vor Captain Buntings Lächeln", fuhr sie fort, „als vor jedem Hurrikan, der über den Ozean fegen kann." Sie sah auf die Uhr. „Er wird bestimmt bald eintreffen. Er wird bestimmt irgendeinen Vorwand finden, mich mit seiner Höflichkeit zu quälen. Er wird mich dazu bringen, meine Kabine zu wechseln. Ich glaube, ich gehe jetzt zu Bett, Hugh."

Es bestand kaum die Versuchung, wach zu bleiben. Ich legte meine Hand unter ihren Arm, um uns beide zu stützen, und wir gingen zum Achterdeck, wo ich die Luke zu unserem Schlafquartier geschlossen vorfand. Wir hoben sie an und blickten in eine Finsternis, die tiefer war als die einer Kohlenmine. Daraufhin brüllte ich nach Punmeamootty. Ich schrie vier oder fünf Mal aus vollem Halse, und dann brüllte eine Stimme über der Reling des Decks über mir: „Was ist los da unten?“ Wer es war, konnte ich nicht sagen; es war unmöglich, Stimmen zu unterscheiden inmitten des höllischen Lärms des Windes, der in der Takelage mit dem Geräusch eines sturmgepeitschten Waldes tobte. Ich schenkte ihm keine Beachtung und brüllte erneut nach Punmeamootty, und nach einer Weile kam der arme farbige Kerl aus der Dunkelheit in den Schein des Kajütenlichts, das schwach das Achterdeck berührte, und kroch auf Händen und Knien. Er war durchnässt und konnte sich kaum auf den Beinen halten, als er aufstand. Tatsächlich fegte die See vorn wie ein Schlag über die Decks, und jedes Mal, wenn das Schiff den Bug hob, strömte das Wasser in einer wilden Schaumwolke bis zum Bug.

Wir mussten die Luke wieder öffnen, um das Meer vom Schiff fernzuhalten, bis Punmeamootty mit einer Laterne aus der Kajüte taumelte. Helga ließ sich dann mit erstaunlicher Geschicklichkeit unter Wasser fallen, und ich reichte ihr die Lampe mit der Bitte, sie aufzuhängen und brennen zu lassen, da ich gerade nicht in der Stimmung war, mich hinzulegen, sondern noch mehr vom Wetter sehen wollte, bevor ich mich ausruhte, und eine Pfeife rauchen wollte. Ich öffnete die Luke und betrat die Kajüte wieder, gefolgt von Punmeamootty.

„Sie scheinen halb ertrunken zu sein!“, sagte ich.

„Eine See haut mich um, Sir. Besteht Gefahr, Sir?“

„Das hoffe ich nicht“, antwortete ich. „Fühlen Sie sich in der Lage, diesen Schlamassel aufzuräumen?“ und ich zeigte auf das zerbrochene Porzellan und das Stück Rindfleisch usw.

Er warf ihnen einen erschrockenen Blick zu, taumelte und schwankte wild, und dann, als hätte er meine Frage nicht gehört, rief er aus: „Wir alle sagen, dieser Sturm ist über den Kapitän gekommen, dieser böse Mann! Tankee de Lor‘! Wir müssen kein Schweinefleisch essen! Tankee de Lor‘! Wir müssen kein Schweinefleisch essen!“

Er fletschte seine glänzenden Zähne, als leide er unter der Qual der Kälte, und schüttelte seine kleine geballte Faust zum Oberlicht. Ich setzte mich hin und zündete mir eine Pfeife an, und da ich etwas durchgefroren war, weil ich draußen im nassen Achterdeck gewartet hatte, bis Punmeamootty die Laterne brachte, rutschte und krallte ich mich zu Kapitän Buntings Spind, um eine Flasche Rum zu holen, die darin lag. In diesem Moment öffnete sich die Nebentür und der Kapitän kam herunter. Der Wind und die Nässe hatten seine Schnurrhaare zu schnurartigen Linien verdreht. Ich hätte in lautes Lachen ausbrechen können, als ich sein eigenartiges Gesicht sah, eingerahmt von dem strömenden Stroh und den Flanell-Ohrenschützern seines

Südwesters. Das Wasser strömte aus seiner Öljacke, als er am Ende des Tisches stehen blieb, sie ergriff und sich umsah.

„Was soll das denn?", rief er und deutete mit seinem dicken Zeigefinger auf die Unordnung an Deck.

Dies war an Punmeamootty gerichtet, aber ich antwortete mit dem mürrischsten Ton, den ich zustande brachte, und musste meine Stimme zu einem Schrei erheben: „Ein Unfall. Das ist ein Monster von einem Schiff, Sir! Kein Lastkahn könnte das Wetter mit einer Brise Wind verschlechtern."

Ich ließ den Deckel des Schließfachs fallen, setzte mich darauf, hielt die Rumflasche in der Hand und blies mit meiner Pfeife eine große Wolke.

„Wo ist Miss Nielsen?", rief er aus.

„Bin ins Bett gegangen", antwortete ich. „Punmeamootty, gib mir ein Glas aus dem Regal."

Der Mann nahm das Glas, taumelte heftig auf dem Deck herum und ließ es fallen.

„Verdammt!", brüllte der Kapitän, „du tollpatschiger Hurensohn! Was kann noch mehr Schaden angerichtet werden?" Seine plötzliche Leidenschaft ließ sein starres Lächeln außerordentlich grotesk erscheinen. „Hol einen Korb und heb das Zeug auf, und hilf mit!", donnerte er. „Hat Miss Helga Feuer?"

„Ja", antwortete ich. „Dafür habe ich gesorgt."

„Aber sie könnte fallen – sie könnte die Laterne fallen lassen!"

„Sie ist eine bessere Seefahrerin als du", rief ich. „Sie weiß, wie man auf den Beinen bleibt. Punmeamootty! Ein Tumbler, wenn es dir recht ist, bevor du anfängst, das Zeug aufzuheben."

„Ich muss dafür sorgen, dass Miss Nielsens Laterne sicher ist", sagte der Kapitän und kam näher, als wolle er durch die Kajütentür gehen. Ich sprang auf und stand ihm mit weit ausgestreckten Beinen gegenüber.

„Kein Mann", sagte ich, „betritt Miss Nielsens Schlafquartier, solange sie und ich auf diesem Schiff bleiben."

Er starrte mich an, und zwanzig Emotionen spielten sich in seinem Gesicht ab. Dann veränderte sich sein Gesichtsausdruck. Ich bemerkte, wie er einen Blick auf die Rumflasche warf, die ich am Hals hielt, und dass ich gerade in der Stimmung war, ihm einen Blick zwischen die Augen zu gewähren, wenn er versucht hätte, sich an mir vorbeizudrängen. Ich glaube, er dachte, ich hätte getrunken.

„Ich kann Ihnen versichern", rief er aus, während er sozusagen heftig in Richtung seiner gewohnten, vertrauten Freundlichkeit griff, „dass mir Miss Nielsens Privatsphäre ebenso heilig ist wie Ihnen. Wollen Sie nach unten gehen und nachsehen, ob ihr Licht in Ordnung ist? Es ist eine Angelegenheit, die Ihre Sicherheit ebenso betrifft wie unsere."

Ohne ihm zu antworten, öffnete ich den Spind, stellte die Flasche wieder hinein und verließ, während ich in meiner Erregung, die mich erfasste – ich war auf einen Nahkampf mit ihm vorbereitet und mein Herz klopfte wie wild –, weiterhin große Rauchwolken ausstieß, die Kajüte, während ich Punmeamootty laut zurief, er solle mir folgen und die Luke wieder schließen.

Ob der farbige Steward die Luke öffnete oder mir tatsächlich folgte, wie ich es ihm befahl, kann ich nicht sagen. Ich stellte fest, dass die Laterne tapfer brannte und heftig unter dem Strahl hin und her schwang, löschte sie und legte mich, bis auf meine Stiefel, vollständig bekleidet hin, da ich klugerweise davon ausging, dass ich in dieser Nacht kaum schlafen würde.

Ob der Wind jemals so stark blies wie damals, als wir an Bord der *Anine waren* , kann ich nicht sagen; so stark, dass die schrecklichen, wilden Bewegungen des alten Schiffes das Wetter zu einem wahrhaft grässlichen Sturm machten. Immer wieder stürzte es von der Meeresoberfläche und stürzte kopfüber in das gähnende Wasser am Grund, wobei es sich beim Fallen so weit neigte, dass man hätte glauben können, seine Masten verliefen parallel zum Horizont, und als es auf den Grund sank, versetzte es sich selbst einen so gewaltigen Schlag, dass man mit klopfendem Herzen auf ein Knacken und Zerbrechen von Balken lauschte, das einem verriet, dass es wie ein Kartenhaus für Kinder in Stücke zerfiel. Es war unmöglich zu schlafen; zweimal wurde ich aus meiner Koje geschleudert und hätte mir beinahe ein Bein gebrochen. Ich rief nach Helga und fand sie wach. Ich fragte sie, wie es ihr ginge; aber so silberklar und scharf ihre Stimme auch war, ich konnte ihre Antwort nicht verstehen.

Wahrscheinlich habe ich mir gegen Morgengrauen hin und wieder ein paar Minuten Schlaf geschnappt. Aus einem dieser kurzen Schlummer wurde ich durch den Sturm der See geweckt, der wie ein elektrischer Schlag durch jedes Brett und jede Befestigung des Schiffes pulsierte, und zu meiner großen Freude bemerkte ich, wie mir schien, das schwache Grau der Morgendämmerung das trübe und weinerliche Glas der Luke färbte. Ich zog sofort meine Stiefel an und ging zur Luke, aber die Abdeckung war noch drauf und die Dunkelheit war so tief wie nie zuvor um Mitternacht. Ich überlegte eine Minute, wie ich mich verständlich machen könnte, tastete mich zu meiner Koje zurück, nahm ein loses Brett oder Kojenbrett, wie es genannt wird, aus dem Meeresgrund und schaffte es damit, ein solches Donnern in der hohlen Abdeckung zu erzeugen, dass sie in wenigen Minuten angehoben wurde. Das schlichte, flache Gesicht Jacobs mit den roten Wangen, auf dessen Kopf ein etwas zerfetzter gelber Südwester hing, den er sich wahrscheinlich von einem seiner farbigen Kameraden vorne geliehen hatte, blickte durch das schimmernde Quadrat der Öffnung auf mich herab.

„Verdammt, Mr. Tregarthen", rief er, „wenn ich nicht geglaubt hätte, die Barke liege am Ufer! Aber Sie hätten viel lauter und viel länger hämmern müssen, um aus dieser Rattenfalle herauszukommen, wenn ich mich nicht unter dieser Bruchstelle versteckt hätte."

Es war wirklich ein wilder Anblick, als ich an Deck kam und ihn plötzlich sah. So wütend sich die Bark auch benahm, ich konnte mir nicht vorstellen, wie schwer die Woge ihrer Kapriolen war. Eine riesige, anschwellende, bläuliche, schäumende Oberfläche – jede Woge schien sich bis zur Höhe des Großmasts aufzutürmen, wo sie zerschmettert und in einen Schneesturm geblasen wurde – ein Himmel aus wirbelndem Ruß: das war, kurz gesagt, das Bild. Das Schiff war jedoch oben unbeschädigt. Es lag beiliegend unter einem Streifen dicht gereffter Marssegel, das wie eine Schaumschicht vor der düsteren Dämmerung des Himmels glänzte. Von der dunkelhäutigen Besatzung war niemand zu sehen. Jacob brüllte mir ins Ohr, dass sie in der Nacht halb verrückt vor Angst gewesen seien.

„Da ist eine Art Aberglaube in ihnen", rief er. „Sie haben gebetet und zwar auf ihre ganz eigene Art und Weise. Zum Glück für das Schiff war es noch in Sicherheit, bevor der Sturm losbrach. Diese armen Kerle werden ihr Leben nicht retten, wenn es darum geht, ob sie leben oder sterben."

„Wer hat die Uhr?", sagte ich.

„Der Kumpel", antwortete er.

Ich sah auf meine Uhr und war erstaunt, dass es schon nach acht war. Ich hatte geglaubt, es sei Tagesanbruch, aber es war wirklich überraschend, dass überhaupt Licht genug Kraft hatte, um diesen sturmbedeckten Himmel zu durchdringen. In diesem Moment erschien Helga in der Luke. Ich nahm ihre Hand. Sie sah blass aus, aber ihr Mund war fest, als sie mit ihrem Blick über die brodelnde, geschwollene Szenerie schweifte, während sie sich mit den Füßen, die über den Planken zu schweben schienen, am Deck festhielt.

„Was für eine Nacht war das!", rief sie. „Dieses Schiff ist wegen des schlechten Wetters nicht gut gebaut. Stunde um Stunde habe ich gedacht, es würde auseinanderfallen!"

Ich sagte Jacob, er solle den Lukendeckel wieder aufsetzen, und das Mädchen und ich betraten die Kajüte, da es unmöglich war, sich im Freien zu unterhalten. Obwohl wir auf paralleler Strecke segelten, war der Wind so heftig, als ob es im Januar im Kanal wehen würde. Im relativen Schutz des

Innenraums konnten wir uns unterhalten, und ich erzählte ihr, wie ich mich in der vergangenen Nacht gegenüber dem Kapitän verhalten hatte.

„Nichts, was wir tun können", sagte sie, „hat etwas zu bedeuten, solange dieses Wetter anhält!"

„Nein, wirklich nicht!", rief ich aus. „Wir müssen jetzt beten, dass das Schiff überlebt. Dieser Sturm hat uns das Leben gekostet."

Sie stand auf, um auf den Kompass zu schauen, und kam dann mit besorgtem Blick und traurigem Kopfschütteln wieder an meine Seite zurück.

„Das muss das Ende unseres Traums von Santa Cruz sein", sagte sie.

„Es war bestenfalls ein müßiger Traum", antwortete ich.

„Es sei denn, die Barke wird dadurch funktionsunfähig!", fuhr sie fort. Und als sie durch das Kajütfenster auf das Achterdeck blickte, fügte sie etwas leidenschaftlich hinzu: „Ich wünschte, alle drei Masten würden über Bord gehen!"

„Das Rumpfgeräusch verlassen", sagte ich.

„Ja, ja, das Schiffsgeräusch bleibt. Ich wäre zufrieden, vierzehn Tage lang in diesem abscheulichen Schiff herumzurollen, wenn ich sicher wäre, am Ende wieder rausgeholt zu werden. Alles, *alles* , um diese grausame, lächerliche Gefangenschaft zu beenden!"

Als diese Worte ihre Lippen verließen, kam der Kapitän die Nebentreppe herunter. Er hielt inne, als er uns sah, als hätte er geglaubt, die Kajüte sei leer, und schämte sich, in dieser Gestalt gesehen zu werden. Das getrocknete weiße Salz lag wie Mehl in seinen Augen, seine Barthaare waren bloße Fetzen nassen Haars; ein großer Tropfen Salzwasser hing an seiner Nasenspitze wie ein Edelstein, der nach orientalischer Mode getragen wurde. Er kämpfte sich zu unserem Platz vor und streckte Helga die Hand entgegen. In seiner salbungsvollsten Art, die in lächerlichem Kontrast zu seiner strömenden Öljacke stand, äußerte er die Hoffnung, dass sie gut geschlafen habe, beklagte die Schwere des Sturms um ihretwillen, versicherte ihr aber, dass keine Gefahr bestehe, dass die Bark es gut meistere und dass er erwarte, dass der Wind vor Mittag nachlassen werde. Er hielt ihre Hand, während er sprach, trotz ihrer sichtbaren Bemühungen, sie aus seinem Griff zu ziehen. Dann wandte er sich an mich:

„Ich muss mich entschuldigen", rief er aus, „für einen kleinen Wutanfall gestern Abend. Ich habe ein Schimpfwort verwendet, das mir, wie ich zum Glück glaube, seit Jahren nicht mehr entgangen ist. Die Provokation war groß – die Ängste des Sturms – der Verlust eines Vorsegels – das ruinierte Geschirr auf dem Deck – eine Flasche meines wertvollen Likörs – Brandy –

Punmeamoottys etwas unverschämte Dummheit: Man könnte es dem frommsten Geist verzeihen, dass er sich unter der Verärgerung so vieler Prüfungen in der Sprache des Vorschiffs Luft macht! Aber ich entschuldige mich bei Ihnen, Mr. Tregarthen, und ich hoffe, Sir, dass Sie gut geschlafen haben!"

Ich antwortete ihm kalt und mit abgewandtem Blick, denn ich war nun entschlossen, an meiner geheuchelten Abneigung festzuhalten und wollte ihn zudem glauben machen, dass sie von der Entschlossenheit getragen sei, ihn zu bestrafen, wenn ich an Land käme.

Er ging in seine Kabine, um sich zu erfrischen, und teilte uns dabei zunächst mit einem breiten Lächeln mit, dass er die ganze Nacht an Deck verbracht hatte, um auf das Schiff aufzupassen, „dessen Sicherheit", rief er mit einem bedeutungsvollen Blick auf Helga, „mir seit letztem Montag außerordentlich wichtig geworden ist."

Ich erzählte ihr nun – denn ich hatte den Vorfall vergessen –, wie unser schmieriger Freund in der vergangenen Nacht einen kleinen Fluch hervorgebracht hatte.

„Also hat er sich Ihnen gegenüber menschlicher gezeigt?", sagte sie lachend.

„Das ist das einzige Anzeichen von Aufrichtigkeit, das ich bei ihm bemerkt habe", rief ich aus.

Er erschien gleich darauf wieder, eingeseift, glänzend und lächelnd, mit getrockneten Barthaaren, die wie Rauch auf beiden Händen schwebten und eine purpurne Satinkrawatte trugen. Aber das Frühstück sollte an diesem Morgen dürftig ausfallen. Der Koch, so schien es, konnte das Feuer in der Kombüse nicht am Brennen halten, und wir mussten das beste Essen zubereiten, das wir aus einer Dose konserviertem Fleisch, etwas Keks und Wein und Wasser machen konnten. Der Kapitän entschuldigte sich überschwänglich bei Helga und schrieb die dürftige Mahlzeit mir zu, der, wie er mit einem Anflug von Scherz sagte, die Ursache dafür war, dass ein halber Schinken und ein ausgezeichnetes Stück Rindfleisch nicht mehr für den Tisch geeignet waren. Ich antwortete nicht darauf. Tatsächlich saßen Helga und ich wie Stumme an diesem Tisch; aber der Kapitän redete viel und wandte sich fast ausschließlich an das Mädchen. In der Tat war jetzt leicht zu erkennen, dass der unglückliche Mann bis über beide Ohren in sie verliebt war. Sein Blick war ein anhaltendes Starren der Bewunderung, und er schien nichts in ihrem Verhalten zu finden, das ihn abschreckte oder abstieß. Im Gegenteil, je mehr sie den Blick gesenkt hielt, desto kälter und härter wurde ihr Gesicht, je schweigsamer sie war – immer wieder gewährte sie ihm nicht einmal eine einsilbige Antwort –, desto mehr erwärmte er sich für sie, desto mehr griff er in seinem Verhalten ein. Wenn er überhaupt Sensibilität besaß, so war sie durch Selbstgefälligkeit gepanzert. Ich hätte nie geglaubt, dass Eitelkeit eine solche Macht hatte, wie ich sie hier fand, um das menschliche Verständnis so undurchdringlich zu umhüllen. „Nun", dachte ich bei mir, „das alles bedeutet eine Reise für Helga, wenn nicht für mich. Sicherlich wird er sich auf dieser Seite des Kaps nicht von ihr trennen, und die Hoffnung des Narren", dachte ich, während ich meinen Blick auf der grinsenden Maske seines Gesichts ruhen ließ, „ist, dass er sie lange gewonnen haben wird, bevor er den 34. Breitengrad Süd erreicht, obwohl er jede Windstille und jeden Sturm optimal nutzen muss, um sein Ziel zu erreichen."

Ich werde nicht versuchen, die Stunden jenes Tages wiederzugeben. Sie waren kaum mehr als eine Wiederholung unserer Erlebnisse auf der *Anine*. Der Kapitän kam und ging, aber die meiste Zeit blieben Helga und ich in der Kabine. Der Sturm ließ gegen Mittag etwas nach, wie der Kapitän vorhergesagt hatte; aber er blies immer noch zu stark, um das Schiff in See stechen zu lassen, und es lag beiliegend in der Wellenrinne und machte mich mit seinen extravaganten Purzelbäumen und gewaltigen Stürzen und Aufruhr bis in die tiefsten Winkel meiner Seele krank. Irgendwann um halb fünf an diesem Nachmittag sah ich durch das Kajütenfenster Jacob im Schutz des Vorsprungs der Kapitäns- und Maatkabinen eine Pfeife rauchen. Ich beschloss, ihm Gesellschaft zu leisten, und nachdem ich mir eine Pfeife Tabak geschnitten hatte, verließ ich Helga, die eine Neigung zum Dösen zeigte, und gesellte mich zum Bootsmann.

Der Wind heulte in der Höhe, und das donnernde Schlagen der Brandung gegen die Schiffswand verlieh dem Kreischen, Zischen und Heulen der Takelage einen wilden Sturmton. Doch in der Nische war es ziemlich ruhig, und wir unterhielten uns ungezwungen. Während ich über die Leereling auf die riesigen, dunkelgrünen, schaumbedeckten Wellen deutete, die in rasendem Tempo vom Schiff wegrasten, fragte ich Jacob, was er von diesem Wetter halten würde, wenn er an Bord der *Early Morn wäre*.

„Na, der Logger würde es sowieso genauso gut machen wie dieser Eimer hier", sagte er.

„Captain Bunting", sagte ich, „wird denken, dass Sie für Ihre Rettung nicht dankbar genug sind."

„Er ist ein echter Gentleman!", rief er aus. „Abraham schwört, dass es auf dem Meer keine Höflichkeitsschiffe wie ihn gibt, aber seine Mannschaft war, fürchte ich, nicht auf Abeys Seite. Sieht für mich so aus, als ob es Ärger geben wird."

„Ist etwas Neues passiert?", fragte ich.

„Es geht die ganze Zeit darum, Schweinefleisch an die Kerle zu verteilen, die es nicht essen wollen, Mr. Tregarthen. Der Maat hat ihnen heute wieder

Schweinefleisch gegeben. Es brennt kein Feuer in der Kombüse, also ist es den farbigen Kerlen egal, ob es Schweinefleisch oder Rindfleisch ist. Aber es ist das Prinzip, das ihnen im Magen steckt. Nakier sagt zu mir: „Es wäre ganz dasselbe, wenn das Wasser kocht“, sagt er, „denn es gibt entweder Schweinefleisch oder kein Fleisch“, womit er andeutete, dass es bei schönem Wetter und brennendem Feuer in der Kombüse heute zum Abendessen für die Männer Schweinefleisch geben würde oder nichts. Nun, Mr. Tregarthen, ich gebe zu, dass sie nicht vorhaben, diese Behandlung hier alle zu ertragen.“

„Was ist Ihnen aufgefallen, das Sie zu dieser Annahme veranlasst?“, sagte ich und warf einen Blick über die verlassenen Decks, die dunkel von der strömenden Nässe waren und deren vordere Seite oft von gewaltigen Gischtschauern eingehüllt war.

„Also“, antwortete er, „alle Schwarzen saßen unten und retteten den Kerl am Steuer, da sie an Deck nichts zu tun hatten. Ich war im Vorschiff, als Nakier runterkam und den Männern sagte, es gäbe wieder Schweinefleisch. Ich konnte ihn nicht verstehen, denn er sprach seine eigene Sprache, aber ich ahnte, was los war, als ich den Lärm hörte, den seine Worte verursachten. Sie begannen alle gleichzeitig mit einer Art Kreischstimme zu singen, wie der Krach einer Horde streitender und sich gegenseitig die Haare aus dem Kopf reißender Frauen in einem Saal. Einige hüpften in ihrer Wut umher, als würde eine Geige gespielt. Ein Kerl, er mit einem Gesicht wie eine verfaulte Zitrone, holt mit seinem Messer aus und fällt stechend in die Luft; und, oh, Mr. Tregarthen, als ich *das sah*, zog ich einfach die Beine in meine Koje und versuchte, mich so klein wie möglich zu machen, in der Hoffnung, seiner Beaufsichtigung zu entgehen, denn verdammt! Ich dachte, wenn dieser Artikel außer Kontrolle gerät, wie ich gehört habe, dass Leute wie er es gewohnt sind, dann soll mich das wundern, dachte ich, oh, wenn ich nicht der Erste bin, über den er herfällt!‘

„Was wurde gesagt?“, fragte ich.

„Stellen Sie sich doch selbst die Frage, Sir! Was sagen Affen, wenn sie anfangen zu schreien? Wer weiß, *was* sie gesagt haben?“

„Woher wissen Sie dann, dass es das erneute Servieren von Schweinefleisch war, das sie aufgeregt hat?“, sagte ich.

„Na, das hat mir Nakier damals erzählt.“

„Ha!“, rief ich aus. „Und wie lange haben sie weiter geschrien und mit den Messern gefuchtelt?“

„Es war wunderbar schnell vorbei“, antwortete er. „Nakier sah zu, während sie alle durcheinander schrien, dann sagte er etwas, und es war, als würde man einem halben Liter Bier den Kopf wegblasen – dann blieb nichts übrig außer plattem Gerede. Sie standen einfach da und hörten zu, während Nakier spuckte, und Sie hätten sehen sollen, wie sie nickten und Grimassen schnitten, mit den Armen fuchtelten und auf die Beine schlugen; aber sie sagten kein Wort; sie nahmen es einfach hin und hörten zu. Sagen Sie es Ihnen, Mr. Tregarthen, die Plötzlichkeit und die Blicke, die sie machten, waren etwas, das einem Eisbären die Puste aus den Poren trieb."

„Was denkt Abraham?", sagte ich.

„Wieso, ich weiß nicht, wie das ist, er scheint nichts zu bemerken – scheint nichts zu finden, was er sich zu Herzen nehmen kann. Er ist ein bisschen bedeutend geworden, ist jetzt das, was der Kapitän einen Offizier nennen würde, und obwohl er vorne schläft, sind seine Gefühle hinten. Er denkt, das ist bloßes Gemurmel mit den Kerlen. Aber da ist noch mehr", sagte er, zündete ein Streichholz an, entzündete die Flamme mit seiner gefalteten Hand und zündete seine Pfeife so leicht an, als ob kein Lüftchen wehen würde.

„Der verrückte Kapitän hat Augen im Kopf", sagte ich und dachte dabei laut nach, statt zu reden. „Wenn *er* nicht sieht, welches Unheil seine verrückte Vorstellung von Bekehrung anrichtet, ist es nicht meine Aufgabe, ihn darauf hinzuweisen. Tatsächlich wünsche ich mir von ganzem Herzen, dass die Malayen die Barke kapern und sie nach Madeira oder auf die Kanaren segeln. Ist es nicht abscheulich, dass Miss Nielsen und ich gegen unseren Willen von diesem langbärtigen Schurken zum Kap der Guten Hoffnung verschleppt werden?", und ich deutete mit einer Rückwärtsbewegung meines Kopfes in Richtung der Kabine auf den Kapitän.

„Abraham hat mir von dieser Überfahrt hier erzählt. Der Kapitän hat sich in die junge Dame verliebt, nicht wahr?", sagte Jacob und ein Grinsen breitete sich auf seinem flachen Gesicht aus.

„Ja", sagte ich, „und hofft, ihr Herz zu gewinnen, indem er sie an Bord behält. Der Trottel!"

„Keine Ahnung, was *Dummchen* heißt, Sir!", rief Jacob. „Sie ist ein hübsches junges Mädchen, diese Miss Nielsen, und, das gebe ich zu, genau die Art von Frau, mit der ein Schiffskapitän gut leben würde."

„Sie argumentieren genauso niederträchtig wie Abraham", sagte ich und sah ihn wütend an. „Wollen Sie so tun, als ob dieser Kapitän nicht unerhört handelt, wenn er die junge Dame an Bord seines Schiffes festhält – sie kurz gesagt einsperrt – denn darauf läuft es hinaus?"

Ein kleiner intelligenter Blick verlieh dem Lächeln des Kerls mit der flachen Miene, als er mich respektvoll musterte, einen neuen Ausdruck.

„Nun, Sir – ich mache Ihnen keine Vorwürfe, ich kann Ihnen keine Vorwürfe machen", rief er aus. „Ich habe selbst Gesellschaft gehabt. Ich war fünf Jahre lang mit einem der nettesten Mädchen zusammen, die man in Deal je gesehen hat, ich habe ihr den Hof gemacht und immerzu geworben und war immer zu mittelmäßig, um mich zu binden. Ich weiß, was die Leidenschaft der Eifersucht ist. Sie hat sich mit einem Corporal der Marines eingelassen, und ich sage Ihnen, ich *habe darunter gelitten*. Es lief gut, dann ging es wieder schief, und es endete damit, dass sie einen mickrigen kleinen Kerl namens Billy Tusser heiratete, der sich durch Herumtollen und Herumlungern ein bisschen Geld erspart hatte. Ich *kann* Ihnen keine Vorwürfe machen, Sir."

Es war kein Thema, das man mit diesem ehrenwerten Mann weiterverfolgen konnte, dessen geringe Intelligenz zu tief lag, als dass es sich hätte erübrigen sollen; also ließ ich das Thema fallen und sprach erneut über die farbige Mannschaft und verweilte weiter, bis ich nicht mehr hätte sagen können, wie lange unser Gespräch dauerte. Obwohl der Sturm viel weniger stark war als am Mittag, war es immer noch ein sehr heftiger Wind und die See so wild wie immer, wobei der Schatten des Abends dem Wirbel des sich neigenden, rußigen Himmels, unter dem jede Brandung wie ein Blitz gespenstischen Lichts brach, jetzt einen dunkleren Anstrich der Düsternis verlieh. Das Schiff bot ein seltsam trostloses Bild – kein Lebewesen war vorne zu sehen, die Decks waren halb ertrunken, Wasser spritzte weiß vom Rand des Vorschiffs oder wehte von diesem erhöhten Deck in kristallklaren Rauchwolken in den Wind, wie korkenzieherartige Sprünge feinen Schnees im Donnern einer Windböe, die über ein winterliches Moor brüllt. Das schwarze Fahrwerk war schwarz vor Nässe: Immer wieder kippte das Schiff in die See, bis der Schaum, der durch das gewaltige Eintauchen des runden Buges entstand, bis zur Reling des Vorschiffs aufstieg. Ich hatte genug von der Kälte und der Nässe; das freudlose Bild der Barke und des Ozeans war unsagbar deprimierend, und mit einem Blick auf den nahen Horizont der gebrochenen, schäumenden Wasser, auf denen nichts zu sehen war, nickte ich Jacob zum Abschied zu und betrat wieder die Kajüte.

Kapitän Bunting saß dicht neben Helga. Das Licht in diesem Innenraum war so schwach, dass ich ein wenig spähen musste, um sicherzugehen, dass es der Kapitän war, denn die undeutliche Gestalt hätte auch die des Maats sein können. Helga stand am äußersten Ende der Kajüte, als hätte sie sich unruhig von seiner Seite weggearbeitet, während sie saßen; aber er war ihr gefolgt und war nun nah, und ihr nächster und einziger Schritt, um ihn loszuwerden, musste sein, aufzustehen. Er sprach sie sehr ernst an, als ich eintrat; seine Barthaare flatterten von seinen Wangen, als er sich zu ihr beugte. Obwohl die Kajüte von den klagenden Geräuschen des sich abmühenden Stoffes erfüllt war, war das Sprechen darin sehr leicht, und es war nicht nötig, die Stimme zu erheben. Tatsächlich hatte der Innenraum die Wirkung einer Stille auf meine Ohren, da ich gerade vom Kreischen und Donnern des Wetters draußen an Deck kam.

Als der Kapitän mich sah, brach er sofort ab, setzte sich auf und rief:

„Na, und wie sieht es an Deck aus?"

Helga stand auf und ging zum kleinen Fenster neben der Tür.

„Das Wetter könnte nicht schlechter sein", antwortete ich mit der Miene und dem Ton der Verdrossenheit, die ich mir vorgenommen hatte. „Ihr Schiff ist zu alt und zu kampfunfähig für einen solchen Konflikt."

„Sie ist alt, aber ein robustes Schiff", antwortete er. „Sie wird noch schwimmen, wenn Dutzende von Dingen, die Sie als Schönheiten betrachten, verschwunden sind."

„Ich glaube nicht", sagte ich, sah zu Helga und fragte mich, was der Mann zu ihr gesagt hatte.

„Hoffen wir", rief er, während er einen großen Pilotenmantel aus dem Spind nahm und sich hineinzwängte, „dass es nicht mehr lange notwendig sein wird, dass Sie hier bleiben. Ich hätte erwartet, dass Sie mich besser behandeln, Mr. Tregarthen."

„Ich weiß nicht, worauf Sie eine solche Erwartung stützen können", rief ich. „Ihre Gefangenhaltung von uns ist grausam und, wie ich hoffe und glaube, strafbar. Aber es hat keinen Sinn, *diese* Angelegenheit hier und jetzt mit Ihnen zu besprechen. Ich muss nur darum bitten, dass wir uns wie Fremde verhalten, während wir das Unglück haben, zusammen auf demselben Schiff zu sein."

Er zog seinen Südwester tief über den Kopf und musterte mich dabei, aber ich konnte in seinem Blick keine Böswilligkeit erkennen, ja, ich kann sagen, keine Spur von Wut. Sein anhaltendes Lächeln war so breit, dass es seinem Gesicht einen Ausdruck der Hochstimmung verlieh.

„Nein", sagte er und schüttelte den Kopf, während er das Gummiband seines Südwesters hinter seinen Backenbart schob. „Wir werden nicht wie Fremde zusammenleben, wie du es dir wünschst. Brüderliche Liebe ist immer noch möglich, und nichts, was du sagen oder tun kannst, mein junger Freund, wird mich davon abhalten, sie zu pflegen. Dass wir lange zusammen sein werden, glaube ich nicht", fügte er mit einer Bedeutung hinzu, die mich überraschte und meine Augen schief zu Helga blicken ließ, die uns immer noch den Rücken zuwandte. „Bemühe dich inzwischen, zufrieden zu sein. Zufrieden zu sein bedeutet, alles zu haben, und alles zu haben bedeutet, reicher zu sein als der Reichste."

Er neigte seinen nach Südwesten gerichteten Kopf in einer seltsam segensreichen, grotesken Nick- oder Verbeugungsgeste, machte eine halbe Pause, als wolle er Helga eine Rede halten, drehte sich auf dem Absatz um und ging an Deck.

„Was hat er gesagt, Helga?"

Sie sah sich um, und als sie sah, dass der Kapitän weg war, kam sie an meine Seite und legte ihre Finger um meinen Arm. Sie hatte sich mit blassem Gesicht an mich geschmiegt, aber das Blut stieg ihr in Hals und Wangen, als sie ihre Augen von meinen abwandte. Ich hatte sie noch nie so süß gefunden, wie sie sich in diesem Moment zeigte. Sie trug keinen Hut, und ihr kurzes blondes Haar schimmerte in der zunehmenden Abenddämmerung auf ihrem Kopf mit einem Schimmer wie heller Bernstein. Meine Erinnerung ließ mich einen schönen Gedanken aufkommen – eine wilde Laune des Gefühls in einem solchen Moment:

„Die Frische von frischem Heu liegt in deinem Haar und die schwindende Unschuld der Heimat liegt in deinen Augen."

„Was hat er dir gesagt, Helga?"

„Dass er mich liebt", antwortete sie und richtete nun ihren naiven, zärtlichen Blick auf mich, obwohl ihre Röte anhielt.

„Ein guter Zeitpunkt, Ihnen so etwas zu erzählen! Wartet ein solcher Kapitän auf einen Sturm, um einem Mädchen einen Heiratsantrag zu machen?", rief ich aus, und plötzlich überkam mich ein Kribbeln der Eifersucht, und ich sah sie eindringlich und misstrauisch an.

„Ich wollte wütend sein, konnte es aber nicht", sagte sie. „Ich hasse den Mann, aber ich konnte nicht wütend auf ihn sein. Er sprach von seiner Tochter – er redete nicht durch die Nase – er redete überhaupt nicht. Ist „reden" das richtige Wort? Es tat mir leid; ich brachte es nicht übers Herz, ihm unhöflich zu antworten, und aufzustehen und ihn zu verlassen, während er sprach, wäre unhöflich gewesen."

Ich unternahm eine kleine Anstrengung, meinen Arm aus ihrer Umklammerung zu lösen.

„Er hat mir gesagt – Sie haben es zweifellos gehört", sagte ich – „er hat mir gesagt, er glaube, es sei nicht nötig, mich lange hier zu behalten. Er ist ein kluger Mann – ein schlauer Mann. Nun, ab jetzt werde ich an alle Sprichwörter über Frauen glauben."

„Was meinst du?", rief sie erschrocken, ließ ihre Hände sinken und starrte mich an.

'Wie meinst *du* das?'

„Der Mann tut mir leid und ich hasse ihn.“

„Oh, wenn es Ihnen lange leid tut, werden Sie ihn bald nicht mehr hassen.“

„Nein, nein!“, rief sie etwas leidenschaftlich, tat so, als wolle sie meinen Arm erneut ergreifen, wich dann aber zurück. „Ich konnte nicht verhindern, dass er hierherkam und mit mir sprach.“

'Das ist wahr.'

'Warum bist du zornig?'

Ihr Blick flehte, ihre Lippen zuckten, und selbst als sie mich ansah, füllten sich ihre blauen Augen mit Tränen. Ihr trauriges, hübsches Gesicht, ihr wehmütiges, zärtliches, tränenreiches Gesicht muss meine Wut in leidenschaftliches Mitleid, in Selbstvorwürfe, in heftigen Groll gegen mich selbst verwandelt haben, selbst wenn es einen triftigen Grund zur Verärgerung gegeben hätte. Ich nahm ihre Hand und führte sie an meine Lippen.

„Verzeih mir, wir waren viel zusammen. Unsere Verbindung und die letzten Worte deines Vaters lassen mich dich als mein Eigen betrachten, bis – bis – kurz gesagt, Helga, ich bin eifersüchtig!“

Ein Ausdruck der Freude erschien und verschwand wieder von ihrem Gesicht. Sie stand nachdenklich da und blickte auf das Deck hinunter. In diesem Moment kam Punmeamootty herein, um den Tisch für das Abendessen vorzubereiten, und Helga ging wieder zum Kajütenfenster und blieb stehen und blickte hinaus, leicht, mit unbewusster Leichtigkeit und Anmut, während sie sich im stürmischen Wogen des Decks wiegte, die Hände in einer nachdenklichen Haltung auf dem Rücken verschränkt.

KAPITEL IV.

EINE NACHT DES HORRORS.

Am Morgen des Donnerstags, 2. November, brach der Sturm los. Der dichte Wolkenhimmel zerstreute sich in schwellenden cremefarbenen Massen; die Sonne schien aus den weiten, feuchten blauen Seen, und das Meer verwandelte sich von dem kalten und kränklichen Grau der stürmischen Stunden in ein sattes Saphirblau mit hoher Dünung und einem reichlichen Jagen schäumender Wogen. Um vier Uhr nachmittags hatte sich der Ozean in eine tropische Weite mit ruhig steigendem und fallendem Wasser geglättet, die heiße Sonne glitt nach Westen, und die Barke kämpfte sich erneut durch das Meer, unter allen möglichen Tüchern, die man auf sie häufen konnte, der Wind war eine leichte Brise aus Westen, und die Seelinie ein makelloser Gürtel.

Der folgende Abend war von stiller Schönheit. Am Himmel stand ein junger Mond, der so stark war, dass er ein paar Silbertropfen auf das dunkle Meer unter ihm fallen ließ; die Wolken waren verschwunden, und die Sterne leuchteten hell und in einem überaus üppigen Regen meteorischer Lichter über den Kutschen der still schwankenden Masten.

Während wir auf dem Deck auf und ab gingen, gesellte sich der Kapitän zu uns. Außer in unsere jeweiligen Kabinen zu gehen, gab es keine Möglichkeit, ihn loszuwerden; also patrouillierten wir weiter über die Planken, mit ihm an Helgas Seite, und redete und redete – oh Himmel! Wie er redete! Sein Benehmen war beunruhigend schmeichelnd. Helga hielt meinen Arm fest, und währenddessen hörte ich, getreu der Haltung, die ich die letzten drei Tage eingenommen hatte, zu oder ließ meine Gedanken woanders hin wandern und sprach kaum. Im Laufe seines unaufhörlichen Geplappers kam er auf seine Mannschaft und ihre Verpflegung zu sprechen und sagte uns, es täte ihm leid, dass wir nicht dabei gewesen seien, als Nakier und zwei andere farbige Männer nach achtern in die Kajüte kamen, nachdem er nachgesehen hatte und unter Deck gegangen war.

„Ich bin sicher", rief er und schlug sich aufs Bein, „dass ich sie zum Nachdenken gebracht habe! Ich glaube, ich kann mich nicht irren. Besonders Nakier hörte aufmerksam zu und sah seine Kameraden mit einem Ausdruck an, als ob ihm langsam eine Überzeugung eingeflößt würde."

Ich spitzte die Ohren, denn hier ging es um eine Angelegenheit, die mir Sorgen bereitet hatte, und ich brach mein mürrisches, nachtragendes Verhalten ab, um ihn zu befragen.

„Was hat die Männer nach achtern geführt?"

„Dieselbe langweilige Geschichte", antwortete er laut und schien das Paar gelber Ohren, das, das darf ich ihm versichern, am Steuer durstig lauschte, zu vergessen oder gleichgültig zu sein. „Sie verlangen Rindfleisch, Rindfleisch, nichts als Rindfleisch, und ich sage ja – heute Rindfleisch, morgen Schweinefleisch; Rindfleisch für euren Körper und Schweinefleisch für eure Seele. Ich werde sie besiegen; und was für ein Triumph wird das sein! Obwohl ich bei ihnen keine weiteren Fortschritte machen würde, könnte ich nie genug Dankbarkeit empfinden für einen entscheidenden Sieg über einen groben, schwachsinnigen Aberglauben, der wie ein Fensterladen, wenn auch nur einer von vielen, hilft, das Licht draußen zu halten."

Dann erzählte er uns, was er gesagt und wie er argumentiert hatte, und ich werde das salbungsvolle, selbstzufriedene Kichern nicht so schnell vergessen, das aus seiner Kehle drang, als er innehielt, bevor er Helga fragte, was sie von diesem Beispiel reiner Logik hielt . Ich hörte zu und wunderte mich, dass ein Mann, der so reden konnte wie er, verrückt genug sein konnte, ein so gefährliches Experiment zu wagen wie den Versuch, seine Mannschaft durch eine so gefährliche Beleidigung, wie sie seinem fanatischen Geist nur einfallen konnte, von seinen eigenen religiösen Ansichten zu überzeugen. Es war für mich umso unverständlicher, dass der Kerl mit seinem primitiven Missionsplan begonnen hatte, als es auf dem Schiff nur zwei Weiße und elf Prophetengläubige gab.

Ich wartete, bis er Luft holen musste, und konnte ein Wort einlegen. Dann erzählte ich ihm kurz und leise, was im Vorschiff vorgefallen war, so wie Jacob Minnikin es mir geschildert hatte.

„Und was dann, Mr. Tregarthen?", sagte er, und ich war, als ob sich in seiner ausdruckslosen Äußerung ein höhnisches Grinsen einschlich: Der Mond spendete, wie gesagt, nur wenig Licht, und ich konnte sein Gesicht nicht sehen. „Wenn ein Mann mit der Bekehrung beginnt, darf er keine Angst haben."

„Ihre Männer haben Messer – sie sind Teufel, habe ich gehört, wenn sie aufgeweckt werden – *Sie* haben vielleicht keine Angst, aber Sie haben kein Recht, uns in Gefahr zu bringen", sagte ich.

„Der Steuermann eines Rettungsboots sollte ein tapferes Herz haben", rief er aus. „Miss Nielsen, lassen Sie sich von der Besorgnis Ihres mutigen Freundes nicht beunruhigen. Meine Pflicht ist äußerst einfach. Ich muss das Richtige tun. Das Richtige steht unter göttlichem Schutz." Und an der Haltung seines Kopfes sah ich, dass er die Augen zum Himmel emporhob.

Ich stieß Helga an, um ihr zu signalisieren, dass sie nichts sagen sollte, und flüsterte nur atemlos: „Mit ihm lässt sich nicht vernünftig reden."

Es war kurz vor zehn Uhr abends, als das Mädchen sich in ihre Kabine zurückzog. Der Kapitän hatte sie mit albernem Liebesstimme gedrängt, die Kabine zu wechseln. Sie musste erst unruhig werden, bevor ihre entschiedenen Weigerungen ihn zum Schweigen brachten. Als sie gegangen war, betrat er seine Koje, und ich nahm meine Pfeife, um in Ruhe an Deck zu rauchen. Nach dem Lärm der letzten drei Tage war die Ruhe der Nacht ungemein wohltuend. Der Mond schien in einem silbernen Schwung; die Segel schwebten in blassen, sichtbaren Räumen sternenwärts; nebenan war das angenehme Plätschern des sanft bewegten Wassers zu hören, und der sanfte Nachtwind aus Westen fächelte mir mit der Wärme des Atems eines Kindes in die Wangen. Die Decks zogen sich dunkel vorwärts; der Schatten der Segel warf einen dunkleren Farbton zwischen die Reling als die Düsternis der Stunde, und nichts regte sich außer den tief hängenden Sternen, die unter der Sichel des Focksegels an der Reling des Vorschiffs auf und ab glitten, als die Barke einen Knicks machte.

Obwohl ich die Männer nicht sehen konnte, hörte ich dennoch ein zartes Stimmengewirr aus dem dunklen Block, in dem das Vorschiff lag. Mr. Jones hatte die Wache, und als ich nach achtern zum Steuer trat, fand ich Jacob, der die Speichen umklammerte, nachdem er das Ruder um vier Glockenschläge – zehn Uhr – abgelöst hatte. Während dieser Zeit durfte er nicht angesprochen werden, und meine Abneigung gegen den Maat war durch die wenigen Worte, die seit dem Tag, als der Kapdampfer vorbeigefahren war, zwischen uns gewechselt worden waren, und durch mein Beobachten seines unterwürfigen Verhaltens gegenüber dem Kapitän nicht gemindert worden. Ich rief kurz aus, dass es eine schöne Nacht sei, erhielt eine nachlässige, schläfrige Antwort von ihm und lag, mit einer Pfeife zwischen den Lippen, einsam auf der Leeseite des Decks, oft über die Reling hinaushängend, und betrachtete das vorbeischleichende Meeresglühen, während meine Gedanken voll von Helga waren, von meinem Zuhause, von unseren bisherigen Erlebnissen und von dem, was vor uns liegen könnte.

Ich wurde aus einem Anfall von Grübelei aufgeschreckt, als die Glocke des Vorschiffs fünf Uhr läutete. Die klaren, scharfen Töne drangen wie ein Echo vom Meer herüber, und ich hörte ein schwaches Echo davon in der hohlen Leinwand. Es war halb elf. Ich klopfte die Asche aus meiner Pfeife, ging aufs Achterdeck und ließ mich durch die Luke fallen.

Die Laterne, die im Gang zwischen den Kojen schwang, brannte. Ich rief Helga leise zu, um zu erfahren, ob alles in Ordnung mit ihr sei, aber sie war still und, wie ich annehmen konnte, eingeschlafen. Ich löschte das Licht, wie es inzwischen meine Gewohnheit war, und legte mich, nachdem ich mich im Dunkeln teilweise entkleidet hatte, in meine Koje, wo ich eine Weile lag und dem Tanz eines oder zweier Phantomsterne im trüben, schwarzen Kreis der Luke dicht an meinem Kopf zusah. Schläfrig fragte ich mich, wie lange dieses

Leben wohl noch weitergehen würde, wie viel Zeit vergehen würde und wie viel geschehen würde, bevor ich wieder in die Behaglichkeit meines eigenen, gemütlichen Schlafzimmers zu Hause zurückkehren würde. Und während ich so grübelte, vielleicht zu schläfrig für Melancholie, schlief ich ein.

Ich wurde dadurch geweckt, dass jemand heftig gegen die Schottwand der Nachbarkabine schlug.

„Mr. Tregarthen! Mr. Tregarthen!", brüllte eine Stimme, und dann ertönten die Schläge einer gewaltigen Faust oder eines Handspießes. „Um Himmels Willen, wachen Sie auf und gehen Sie raus! – hier wird ein Mord begangen! Welches ist Ihre Kabine?"

Ich erkannte Abrahams Stimme, wenn auch getarnt durch sein Entsetzen und sein keuchendes Atmen.

Der Ausruf „ *Hier wird ein Mord begangen!* " ließ mich blitzartig wieder klar denken, und noch bevor der Mann seinen Schrei ausgesprochen hatte, war ich hellwach und verstand, was er meinte.

„Ich bin hier – ich werde bei dir sein!", rief ich, ließ mich, ohne mir noch eine weitere Zeit zum Anziehen zu nehmen, von meiner Koje fallen und ging mit ausgestreckten Händen zur Tür, die ich ertastete und öffnete.

In diesem Gang zwischen den Kabinen war es stockfinster, und dem Auge bot sich nicht einmal der schwache Schimmer, den das Bullauge in der Koje bot.

„Wo bist du, Abraham?", rief ich.

„Hier, Sir!", rief er fast in meinem Ohr, und ich hob meine Hand und berührte ihn.

„Die Mannschaft ist wach!", rief er. „Sie haben den Maat getötet, und ich gebe zu, dass der Kapitän inzwischen erledigt ist."

„Wo ist Jacob?"

„Gor, das weiß nur er, Sir!"

„Sind Sie bewaffnet? Halten Sie irgendetwas fest?"

„Nichts, nichts. Ich renne, ohne anzuhalten, um mich zu bewaffnen. Ich werde es dir erzählen – aber es ist schrecklich, hier in dieser Dunkelheit zu reden, während in der Nähe ein Mord geschieht."

Er keuchte noch immer, als hätte er sich gerade so angestrengt, und seine Stimme versagte, als würde er wegen einer Wunde versinken.

„Was ist los?", rief Helgas klare Stimme aus ihrer Koje.

„Öffnen Sie Ihre Tür!", sagte ich, da ich wusste, dass sie es gewohnt war, den Riegel vorzuschieben. „Hier ist alles dunkel. Lassen Sie uns rein – ziehen Sie sich an, indem Sie nach Ihren Kleidern tasten – die Malayen sind über den Kapitän und den Maat hergefallen – vielleicht sind wir als Nächste an der Reihe, und wir müssen in Ihrer Kabine Widerstand leisten. Still!"

Während sie ihre Koje verließ, um die Tür zu öffnen, spitzte ich die Ohren. Außer nahen und fernen Geräuschen, die aus dem Schiff aufstiegen, als es auf der langen Westdünung krängte, war nichts zu hören. Aber wir waren tief unten, und jedes Geräusch vom Achterdeck hätte durch zwei Decks durchdringen können.

„Die Tür ist offen", sagte Helga.

Ich legte eine Hand auf Abrahams Arm und führte ihn mit der anderen tastend in Helgas Koje, deren Lage er nicht erraten konnte, da er noch nie zuvor in diesem Teil des Schiffes gewesen war. Dann schloss ich die Tür und verriegelte sie.

„Zieh dich schnell an, Helga!", sagte ich und sprach mit ihr in der bergwerksgleichen Blindheit dieses Innenraums, der von dem einen oder anderen Stern, der in ihrem wie in meinem Kabinenfenster tanzte, unberührt blieb.

„Erzähl mir, was passiert ist!", rief sie.

„Sprich, Abraham!" sagte ich.

„Herrje! Aber ich kann ohne Licht nicht reden", antwortete er. „Gibt es hier keine Laterne? Wenn es eine Laterne gibt, habe ich drei oder vier Loocifers in meiner Tasche."

„Psst!", rief ich. „Ich höre Schritte."

Wir hielten den Atem an: alles war still. Irgendein Geräusch war an mein Ohr gedrungen. Es klang wie das Schlagen von Brettern mit nackten Füßen in meiner Phantasie, die durch Abrahams plötzlichen, schrecklichen Bericht entsetzt worden war, bevor meine Muskeln und Nerven Zeit hatten, sich zu voller Wachheit zu verhärten.

„Was hörst du?", flüsterte Abraham heiser.

„Es war Einbildung. Helga, können wir die Laterne anzünden?"

Sie antwortete „Ja" – sie war bereit.

„Zünde ein Streichholz an, Abraham, damit ich sehen kann, wo die Laterne hängt!" sagte ich.

Er tat es und hielt die Flamme in seiner Faust. Ich öffnete die Tür, stürzte hinaus, nahm die Laterne herunter und stürzte wieder hinein, verriegelte die Tür erneut mit einem Schauer der Angst, der auf die Eile folgte, die ich durch meine Vorstellung gemacht hatte, dass einer dieser Gelbhäute mit einem bloßen Messer in der Hand draußen hockte. Ich zündete rasch die Laterne an und stellte sie in Helgas Koje. Abraham war aschfahl und ich wusste, dass meine eigenen Wangen blutleer waren.

„Müssen wir die Mannschaft fürchten?", rief Helga. „Wir haben ihnen kein Unrecht getan. Sie wollen *uns nicht* das Leben nehmen."

„Vertrau ihnen nicht, vertrau ihnen nicht!", rief Abraham. „Gibt es hier denn nichts, was man als Waffe verwenden könnte?", fügte er hinzu und verdrehte die Augen, während er in der Hütte umherwanderte.

„Was ist die Geschichte? Erzähl sie jetzt, Mann, erzähl sie!", rief ich mit vor Nervosität zittriger Stimme.

Er antwortete leise, sehr hastig und heiser: „Ich war um acht Uhr unter Deck gegangen. Ich fand Nakier, der einige der Männer im Vorschiff belehrte; aber er brach ab, als er mich sah. Ich rauchte eine Pfeife, ging dann hinein und schlief ungefähr eine Stunde; dann wachte ich auf und erspähte fünf oder sechs der Jungs, die oben in einer Ecke des Vorschiffs miteinander flüsterten. Sie schauten oft in meine Richtung, aber nicht hell genug, um sie wissen zu lassen, dass meine Augen offen waren, und ich lag heimlich da und beobachtete sie, da ich Unheil witterte. Dann gingen ein paar von ihnen an Deck und der Rest legte sich hin. Dann geschah eine Zeit lang nichts. In der Zwischenzeit lag ich ganz wach da und lauschte und beobachtete. „Es war ungefähr sieben Glockenschläge, schätze ich, als jemand – ich glaube, es war Nakier – leise durch die Luke rief, und sofort fielen alle Kerle, die, wie ich hätte schwören können, fest schliefen, wie ein Mann aus ihren Hängematten, und das Vorschiff war leer. Ich sah mich um, um sicherzugehen, dass es leer war, schlich mich dann an und schaute nach achtern, mein Kinn nicht höher als die Süllkante. Ich hörte ein lautes Kreischen und einen Schrei: „O Gott! O Gott! Hilfe! Hilfe!", und jetzt, da ich ahnte, was los war, und glaubte, dass der Geschmack von Blut diese Kerle in den Wahnsinn treiben würde, und dass Oi der Nächste sein würde, wenn Jacob nicht schon weg wäre, da er am Steuer saß, wie ich daraus schließen konnte, dass er nicht vorne war, rannte ich los, und hier bin ich."

Er fuhr sich mit dem Handrücken über die Stirn und ließ dabei seine Finger vom Handgelenk aus nach vorn schnellen. Tatsächlich konnte man jetzt sehen, dass ihm der Schweiß über das Gesicht lief.

„Glauben Sie, dass sie den Kapitän ermordet haben?", rief Helga.

„Das bezweifle ich nicht – das *kann ich nicht* bezweifeln. Es schien, als wären es zwei Banden. Ich renne um mein Leben und sehe doch zwei Banden", antwortete Abraham.

„Entsetzlich!", rief das Mädchen und sah mich mit starrem Blick an, doch schien sie eher schockiert als verängstigt.

„Habe ich das nicht vorausgesehen?", rief ich aus. „Wo waren deine Sinne, Mann – *du* , der du unter ihnen gelebt, mit ihnen gegessen und getrunken hast? Es wäre schlimm genug, wenn es Weiße wären; aber wie steht es deiner Meinung nach mit uns auf einem Schiff, das von Wilden gekapert wurde, die uns wegen unseres Glaubens und unserer Hautfarbe hassen?"

„Hört!", rief Helga.

Wir strengten unsere Ohren an, doch ich konnte nichts hören, außer meinem Herzen, das laut in meinen Ohren schlug.

„Mir dachte, ich hätte ein Platschen gehört", sagte sie.

„Wenn sie meinen Kumpel Jacob getötet hätten!", rief Abraham. „So wahr der Herr gütig ist, es wird zu hart sein. Erst war es weg, dann noch einer, und jetzt ist von unserer kleinen Gesellschaft nur noch ich übrig, wie es mir scheint, als ich sie vor ein oder zwei Tagen verlassen habe."

„Sollen wir hier umkommen wie vergiftete Ratten in einem Loch?", sagte ich. „Wenn sie die Lukendeckel zuklappen, was soll dann aus uns werden?"

„Wer von ihnen kann das Schiff steuern?", fragte Helga.

„Keine einzige", antwortete Abraham. „ *Das* kann ich Ihnen sagen, wenn ich mich an die Fragen erinnere, die Nakier mir von Tag zu Tag stellte."

»Aber wenn die ganze Truppe herunterkäme«, rief ich, »und die Tür aufbrechen würde – was ebenso leicht ginge, wie das Licht dort auszublasen –, sollen wir dann mit leeren Händen abgeschlachtet werden, während wir ihnen zusehen, ohne die Arme zu heben, es sei denn, wir flehten um Gnade? Wir sind zwei – Engländer! Sollen wir niedergestreckt werden, als wären wir Frauen?«

„Wir sind zu dritt!", sagte Helga.

„Was sind unsere Waffen?", rief ich und ließ meinen Blick wild durch das kleine Loch in einer Hütte schweifen. „Sie haben ihre Messer!"

„Lasst mich sie nacheinander behandeln", sagte Abraham, holte tief Luft und spuckte sich dann in die Hände, „und ich werde die ganze Sache übernehmen, während ihr beide sitzt und zuschaut. Aber sie sind alle auf der Flucht – alle sind besoffen vor Wut und schnappen nach einem Mann, als wäre er ein Schaf und sie Wölfe!" – er atmete noch einmal tief durch und schüttelte langsam den Kopf.

„Die Bretter in der Koje sind lose", sagte ich, „aber was sollen wir mit Brettern machen?"

„Ich gehe an Deck!", rief Helga plötzlich.

„Du?", rief ich. „Nein, wirklich nicht! Du wirst hierbleiben. Sie müssen erst mit zweien von uns fertig werden, bevor der Dritte an der Reihe ist!"

„Ich werde an Deck gehen!", wiederholte sie. „Ich habe weniger Grund, sie zu fürchten als Sie. Sie wissen, dass ich mit der Schifffahrt vertraut bin – sie haben mich immer mit Freundlichkeit angesehen. Lassen Sie mich gehen und mit ihnen reden!"

Sie machte einen Schritt auf die Tür zu – ich packte sie am Arm, zog sie an meine Seite und hielt sie fest.

„Was zu tun ist, müssen wir beide tun!", sagte ich. „Wir müssen nachdenken und warten."

„Lass mich gehen!", rief sie. „Sie werden auf mich hören, und ich werde in der Lage sein, Bedingungen auszuhandeln. Wenn kein Navigator unter ihnen ist, was können sie dann mit dem Schiff auf diesem großen Ozean tun?" Sie wehrte sich und rief erneut: „Lass mich zu ihnen gehen, Hugh!"

„So etwas tun Sie doch nicht, Sir!", rief Abraham. „Was würde passieren? Sie würden sie einsperren und einsperren, bis sie uns beiden den Garaus gemacht hätten, und dann wäre sie allein an Bord dieses Schiffes – allein, meine ich, mit elf gelben Wilden. Gott bewahre uns! Wenn Sie sie loslassen, Sir, muss *ich die Reise sperren.*"

Seine Rede hatte etwas Absichtliches an sich: Sein englischer Geist kehrte zurück, während das Entsetzen, das ihn erfüllt hatte, als er zum ersten Mal nach unten geeilt war, nachließ.

Jemand klopfte leise an die Tür. Im selben Augenblick fiel mein Blick auf die Flamme einer Lampe oder Kerze in der Öffnung in der Trennwand, die auf den schmalen Durchgang hinausging.

„Psst!" rief ich.

Das Klopfen wiederholte sich. Es war ein ganz sanftes Klopfen, als ob es von einem zaghaften Fingerknöchel erzeugt würde.

„Wer ist da?", rief ich und riss mich zusammen, fest entschlossen, mich auf die erste dunkle Kehle zu stürzen, die sich zeigte. Denn ich hielt dieses leise Klopfen, diese lautlose Annäherung für eine malaiische List, und in meinen Adern kribbelte der Wahnsinn, der in das Blut eines Menschen eindringt, im entscheidenden Augenblick, dessen Vergehen für ihn Leben oder Tod bedeutet.

„Ich bin es, Meister! Öffnen Sie, Meister! Es ist alles richtig!"

„Das ist Nakier!", rief Abraham.

„Wer ist da?", rief ich.

„Ich, Sir – Nakier. Es ist alles richtig, sage ich. Keine Angst. Unsere Arbeit ist getan. Wir möchten mit Ihnen sprechen und Freunde sein."

„Wie viele von euch sind da draußen?", rief ich.

„Niemand außer Nakier", antwortete er.

„Woher sollen wir das wissen?", brüllte Abraham. „Die meisten von euch haben nackte Füße. Eine ganze Armee von euch könnte sich nach hinten schleichen, ohne dass jemand etwas davon bemerkt."

„Ich schwöre, Nakier ist allein. Lady, Sie sollen Nakier vertrauen. Unsere Arbeit ist getan; es ist alles richtig, sage ich. Sehen Sie, Sie glauben, ich bin nicht allein: Sie haben Angst vor meinem Messer; gehen Sie ein Stück zurück – ich werfe Ihnen mein Messer zu."

Wir wichen zur Schottwand zurück, und Abraham brüllte: „Hebe!" Das Messer fiel dicht vor meinen Füßen auf das Deck. Ich stürzte mich darauf wie eine Katze auf eine Maus, ließ es aber mit einem Schrei fallen. „O Gott, es ist blutig!"

„Gib es mir!", rief Abraham mit heiserer Stimme. „Jetzt, wo ich es habe, wird es noch blutiger, wenn dieser Nakier dort falsch spielt."

Er packte es mit der rechten Hand, schob den Riegel zurück und öffnete die Tür. Die Eindrücke eines ganzen Lebens voller wilder Erlebnisse mochten sich in diesem einen Augenblick konzentriert haben. Ich hatte so viel über die Heimtücke der Malayen gehört und gelesen, dass ich, als Abraham die kleine Kabinentür aufriss, auf einen Ansturm dunkler Gestalten und auf einen Kampf mit ihnen gefasst war – aber nicht ums Leben, denn der Tod war mir gewiss, denn jedes dieser Geschöpfe war mit der tödlichen Klinge eines Seemannsmessers bewaffnet. Stattdessen stand Nakier im Korridor, direkt neben unserer Kabine, mit einer Bullaugenlampe in der Hand. Als er sah, dass wir das Licht auf das Deck legten, grüßte er uns, indem er beide Hände an die Stirn legte. Abraham streckte den Kopf heraus.

„Außer Nakier ist niemand hier!", rief er.

„Was haben Sie getan?", rief ich aus und sah den Mann an, der im gemischten Licht deutlich zu erkennen war und dessen hübsche Züge den bescheidenen

Blick und die einnehmende Ausstrahlung hatten, die ich bemerkt hatte, als mein Blick auf diesem Schiff zum ersten Mal auf ihm ruhte.

„Der Kapitän ist tot – Pallunapachelly, er tötet ihn. Der Maat ist tot – mit dieser Hand." Er hob seinen Arm.

„Wo ist mein Kumpel?", donnerte Abraham.

„Kein Mann fasst ihn an. Jacob, er hat alle Rechte. Nur zwei." Er hielt zwei Finger hoch. „Der Captain und Miss Jones. Sie behandeln uns wie Hunde, und wir beißen wie Hunde", fügte er hinzu und zeigte dabei die Zähne, aber sein Grinsen war weder wild noch wild.

„Was willst du?", wiederholte ich.

„Wir möchten, dass Sie zu uns kommen und mit uns sprechen. Wir schwören alle auf den Koran, Ihnen nichts anzutun, sondern Ihnen zu dienen, und Sie dienen uns."

Ich stand da und starrte und wusste nicht, wie ich reagieren sollte.

„Er ist vertrauenswürdig", sagte Helga.

„Aber die anderen?", sagte ich.

„Ohne uns können sie nichts tun."

„Ohne *einen* von uns. Aber die anderen!"

„Wir können ihnen vertrauen", wiederholte sie mit einem Ton der Überzeugung.

Nakiers Augen, die im Licht der Laterne glänzten, waren auf uns gerichtet, während wir flüsterten. Er bemerkte meine Unentschlossenheit, und er stellte die Ochsenaugenlampe wieder auf das Deck, faltete und streckte die Hände in einer Haltung leidenschaftlicher Bitte aus.

„Wir schwören alle, dass wir Ihnen nichts tun!", rief er mit sanfter, flehender Stimme, deren Melodie absolut süß war. „Diese schöne junge Dame – oh! Ich würde hier töten", rief er und gestikulierte, als wolle er sich ins Herz stechen, „bevor dieser guten, freundlichen, klugen Dame etwas zustößt. Oh, Sie können uns vertrauen! Wir haben unsere Arbeit getan. Mr. Wise ist Kapitän; Sie sind Gentleman – Passagier; Sie wohnen oben und haben es sehr bequem. Die schöne junge Dame hat dieses Schiff nach Afrika geführt. Oh, nein, nein, nein! Sie sind alle in Sicherheit. Meine Männer werden die Messer auf den Tisch werfen, wenn Sie kommen, und wir schwören beim Koran, Ihr Freund zu sein, und Sie sind unser Freund."

„Lassen Sie uns mit ihm gehen, Mr. Tregarthen", sagte Abraham. „Nakier, ich werde bei diesem Messer hier bleiben. Wo ist mein Kumpel Jacob? Wenn ihn einer von Ihnen verletzt hat –"

„Es ist nicht der richtige Zeitpunkt, um zu drohen", flüsterte ich wütend und drängte mich an ihm vorbei. „Komm, Helga! Nakier, nimm die Zielscheibe und geh voran, und Abraham, folge mir mit der Laterne, ja?"

Schweigend erreichten wir die Luke. Sie stand offen. Nakier sprang hindurch, und einer nach dem anderen stiegen wir hinauf. Der Wind hatte schwächer geworden, seit ich das letzte Mal an Deck war, und obwohl die höher liegenden Segel still wie gemeißelter Marmor lagen und sich in gespenstischer Wärme unter den hellen Sternen ausbreiteten, hatte der Wind nichts, um die schweren Falten des Vor- und Hauptschiffs festzuhalten, die mit dem dumpfen Geräusch entfernter Artillerie ein- und ausschwenkten, als sich die Barke von einer Seite auf die andere neigte. Die Kajütenlampe brannte hell, und der erste Blick, den ich durch die offene Tür warf, zeigte mir die gesamte Mannschaft, wie ich im Augenblick vermutete – obwohl ich später herausfand, dass einer von ihnen am Steuer saß –, die am Tisch standen, zu beiden Seiten davon aufgereiht, alle so bewegungslos wie eine Kompanie Soldaten, die sich zur Parade aufstellen. Jedes dunkle Gesicht war uns zugewandt, und kein Schiffsbild war erschreckender und eindrucksvoller als dieses mit reglosen Gestalten, düsteren, feurigen Augen, gerunzelten Brauen, die meisten Gesichter abscheulich, aber alle verschieden in ihrer Hässlichkeit. Ihre Mützen und seltsamen Kopfbedeckungen lagen in einem Haufen auf dem Tisch. Nakier trat ein und hielt inne, mit einem Blick zu uns, wir sollten ihm folgen. Helga drängte sich furchtlos vorwärts. Ich packte sie an der Hand und rief Nakier zu:

„Diese Männer sind alle bewaffnet."

Er drehte sich zu ihnen um und sprach einen schnellen, fieberhaften Satz in seiner Muttersprache. Im nächsten Moment zog jeder Mann sein Messer aus der Scheide, in der es an der Hüfte steckte, und legte es auf den Tisch. Nakier sprach erneut und sprach die Worte mit einer leidenschaftlichen Geste aus, woraufhin Punmeamootty die Messer in eine der Kappen steckte und sie Nakier reichte, der die Kappe zu Helga brachte und sie ihr vor die Füße legte. Als er dies tat, warf Abraham das blutbefleckte Messer, das er in der Hand hielt, in die Kappe.

In diesem Moment schreckte uns ein Schrei auf: „Da unten!"

„Whoi, es ist Jacob!", brüllte Abraham, trat einen Schritt zurück, blickte geradewegs nach oben und rief: „Jacob, ahoi! Wo bist du, Kumpel?"

„Oben im Großmars sind wir so gut wie tot", ertönte die mit ledernem Tonfall erschallende Antwort aus der Stille dort oben.

„Gott sei Dank, dass du am Leben bist!", rief Abraham. „Jetzt ist alles in Ordnung – jetzt ist alles in Ordnung."

„Wer will mir das weismachen?", rief Jacob.

Ich starrte nach oben und bildete mir ein, den schwarzen Knubbel seines Kopfes über den oberen Rand hinausragen zu sehen.

„Du kannst runterkommen, Jacob", rief ich. „Ich hoffe, alle Gefahr ist vorüber."

„Gefahr vorüber?", brüllte er. „Wie bitte? Sie haben den Maat getötet und über Bord geworfen, und wenn ich nicht die Flucht ergriffen und in die Luft gesprungen wäre, hätten sie mich getötet."

„Nein, nein – das stimmt nicht, das stimmt nicht, Sir!", kreischte Nakier. „Komm runter, Jacob! Es ist alles richtig!"

„Wo ist der Kapitän?", rief Jacob.

„Er über Bord!", antwortete Nakier. „Es ist alles in Ordnung, sage ich!"

Ein Schauder durchlief mich, als ich einen Blick auf die Kabine des Kapitäns warf. Ich kann nicht in Worte fassen, wie sehr der Schrecken dieser plötzlichen, schockierenden, blutigen Tragödie durch Nakiers kühle und leichte Akzeptanz der Tat noch verstärkt wurde, als ob ihm die beiden Männer, die er und seine Leute getötet hatten, weniger zusagten als ein paar Hühner, denen man den Hals umgedreht hatte.

„Komm doch bitte herunter, Jacob!", sagte Helga und ließ ihre Stimme klar wie eine Glocke in die stillen, hoch aufragenden Höhen schallen. „Du wirst, genau wie Abraham, als Engländer bekannt sein."

Dieser kleine, verächtliche Schlag, der insofern äußerst glücklich war, als er für Nakier und die anderen unverständlich war, hatte die gewünschte Wirkung.

„Na, wenn alles in Ordnung ist, dann *ist es wohl* in Ordnung", hörte ich Jacob sagen, und ein paar Augenblicke später kam seine Gestalt mit der Unbeholfenheit eines Hafenarbeiters langsam die Takelage hinunter.

Als er von der Reling auf das Deck sprang, riss er sich die Mütze vom Kopf und warf sie auf die Planken. Mit äußerster Erregung in Stimme und Gebaren tanzte er um seine Mütze herum, brüllte und drohte Abraham mit der Faust:

„Also, was habe ich gesagt? Ich habe euch die ganze Zeit erzählt, dass uns bei diesem Schweinefleisch-Job die Kehle durchgeschnitten werden würde. Warum habt ihr es nicht verhindert? Warum habt ihr dem Kapitän nicht erzählt, was ihr gesehen und gewusst habt? Ach herrje! Ich bin wahrscheinlich in dem Boot gestorben und über Bord gegangen, und was wolltet ihr meiner Frau über mein Verhalten erzählen, wenn es so wäre, wie wenn ihr wieder in Deal an Land gegangen wäret?"

Er schrie weiter auf diese Weise und wirbelte dabei mit seiner Mütze herum, als wäre sie ein Zeichen für ihn, auf dem Theater dieses Decks seine Rolle zu spielen. Aber obwohl es in ihm wie in Ekstase der Wut aussah, schien der Ausbruch ganz und gar auf einen Gefühlsabfall zurückzuführen zu sein. Nakier stand regungslos da und musterte ihn; auch die anderen blieben am Tisch und behielten alle ihre Wachpostenhaltung bei. Endlich war der Kerl fertig, setzte seine Mütze auf und schwieg, schwer atmend.

„Wollen Sie hereinkommen, Sir? Wollen Sie hereinkommen, Lady? Miss Wise, es ist alles in Ordnung. Kommen Sie mit, Jacob, mein Kumpel!"

Mit diesen Worten betrat Nakier wieder die Kajüte, und wir vier folgten ihm. Auf der blanken Planke dicht an der Süllkante oder dem Türsims der Kapitänskajüte war ein dunkler Fleck. Es war der kurze, wilde, erschrockene Sprung Abrahams zur Seite, der mich veranlasste, ihn anzusehen. Bei diesem Anblick schien meine Seele zu schrumpfen.

„Es lässt sich leicht herauskratzen", rief Nakier aus und machte mit seiner kleinen, fein geformten Hand eine Geste, als ob er kratzen würde. Dann wandte er sich an einen der Männer am Tisch, der nickte und dabei mit dem Arm durch die Luft wedelte.

Jetzt fiel mir mit erstaunlicher Gedankenschnelligkeit ein, dass die Kappe mit den Männermessern noch immer auf dem Deck lag, wo Nakier sie zu Helgas Füßen hingelegt hatte, und mein augenblicklicher Gedanke war, zum Achterdeck zurückzukehren, die Kappe aufzuheben und über die Reling zu werfen. Aber ich dachte, dass eine solche Tat nicht nur die Mannschaft erzürnen könnte, wenn sie ihre Messer verlieren würde – es würde auch tiefes Misstrauen unsererseits bedeuten. Ich dachte auch, dass sie, wenn sie vorhatten, uns umzubringen, diese Aufgabe auch ohne ihre Messer sehr gut bewältigen könnten – denn vorne befand sich die Werkzeugkiste des Zimmermanns, die sie mit vielen tödlichen Waffen versorgen würde, ganz zu schweigen von den Kajütenmessern, die Punmeamootty verwahrte und von denen immer mehrere in der Kombüse zu finden waren. All dies ging mir in dem Raum durch den Kopf, in dem ein Mann fünf zählen könnte, so erstaunlich ist die Geschwindigkeit der Vorstellungskraft; und mein Entschluss in dieser Angelegenheit war gefasst, während ich noch die wenigen Schritte maß, die den Tisch von der Kajütentür trennten.

Nakier ging zum Kopfende des Tisches, legte seine Hand auf den Stuhl des Kapitäns und rief, während er sich mit unnachahmlicher Anmut vor Helga verneigte:

„Wollen die süßen Mädchen hier sitzen?"

Sie ging an der kleinen Reihe von fünf Männern vorbei und setzte sich auf den Stuhl. Ich weiß nicht, ob sie das Zeichen auf dem Deck gesehen hatte, von dem ich gesprochen habe. Sie war von totenbleicher Haut, aber ihre Augen leuchteten lebhaft, als sie über die farbigen Gesichter der seltsamen Gestalten blickte, die zu beiden Seiten des Tisches standen, und seit der Stunde, als mir die Morgendämmerung ihr hübsches Gesicht an Bord der *Anine zeigte*, in ihrer Kleidung als Junge, hatte ich nie mehr Gelassenheit und Entschlossenheit in ihrem Gesicht bemerkt.

Ich stand dicht neben ihr, und Abraham und sein Kumpel standen rechts von ihr. Nakier ging auf gleitenden Füßen zum vorderen Ende des Tisches und sagte etwas zu den Männern. In welcher Sprache er sich ausdrückte, wusste ich damals nicht und weiß es auch heute nicht. Seine Worte bewirkten, dass sie alle ihre Arme nach uns ausstreckten und die Zeigefinger beider Hände zusammenlegten. Die Haltung war für den Moment absolut so, als hätten sie auf Nakiers Befehl gleichzeitig ihre Schusswaffen auf uns gerichtet! Jacob wich mit einem alarmierten Knurren einen Schritt zurück.

„Was soll das, Nakier?", rief ich.

„Damit will ich sagen, dass wir alle Ihre Brüder sind, Sir. Das ist das Zeichen der Freundschaft meines Landes."

Ihre Hände fielen herab, doch gleich darauf sprach Nakier erneut zu ihnen, worauf jeder Mann wie zuvor seine Zeigefinger auf Helga richtete. Wieder sprach Nakier, und Punmeamootty verließ die Kajüte.

„Ich wünschte, er könnte Englisch sprechen", rief Abraham und wischte sich die Stirn. „Wer weiß denn, was passieren wird?"

„Es ist alles in Ordnung, Miss Wise", sagte Nakier mit einem sanften Lächeln, das halb Vorwurf, halb Ermutigung war. „Punmeamootty ist losgegangen, um den Koran zu holen, damit wir schwören können, dass wir treu sind und Ihnen nichts antun."

KAPITEL V.

EINE KONFERENZ.

Jetzt trat eine Pause ein. Wie soll ich den dramatischen Charakter dieser Stille beschreiben? Die Stille der Nacht wirkte wie ein Geist auf dem Schiff, und die Stille schien eher vertieft als gestört zu werden durch das dumpfe, schwingenartige Schlagen des Großsegels, das in den Mast schwang, durch das gelegentliche Knarren, das aus einer leicht gespannten Schottwand hervorbrach, und durch das halb gedämpfte Gurgeln einer kleinen Welle dunklen Wassers, das die Seite der Barke umspülte. Ich konnte keine Launen bei den Männern erkennen. Wo auch immer ein finsterer Blick lag, war er nicht mehr als ein Teil der Gestalt des Wesens. Ihre Gesichter waren mir inzwischen vertraut, und ich konnte mich nicht irren. Die Gewohnheit hatte sogar etwas von der Wildheit und ich darf sagen, der Abscheulichkeit des zitronenfarbenen Mannes gemildert, dessen gefurchte Stirn und wilde Augen zu den ersten Merkmalen dieses Schiffes gehört hatten, die meine Aufmerksamkeit erregt hatten, als ich an Bord kam. Doch während ich mich an das erinnerte, was gerade geschehen war – während ich an zwei Leichen dachte, die kaum noch kalt versanken, immer noch versanken, nur ein kleines Stück vom Schiff entfernt –, boten diese Männer meinem Blick eine furchterregende Palette von Gesichtern dar. Ihre verschiedenen Hautfarben wurden durch das Laternenlicht noch intensiver; der groteske Charakter ihrer Kleidung schien ihr tragisches Aussehen noch zu verstärken. Ihre Gestalten waren so reglos, als würden sie als Statuen in einer Bühnendarstellung auftreten. Ab und zu blickte der eine oder andere nach rechts oder links, doch meist waren ihre Augen auf uns gerichtet und hauptsächlich auf Helga fixiert.

Jacob starrte wie in einem Traum; Abraham, dessen Unterkiefer schlaff herabhing, schien von Nakier fasziniert zu sein. Ich sehnte mich danach, sozusagen in diese Stille einzutauchen, um in Worten und Fragen die Gefühle auszudrücken, die mein Herz wild schlagen ließen; aber ich war sprachlos angesichts der Vorstellung, dass diese Stille Teil der Feierlichkeiten war, die zum Schutz unseres Lebens eingesetzt werden sollten.

Punmeamootty kam mit einem Buch in der Hand wieder in die Kajüte. Nakier nahm es ihm ab, kam zu uns und sagte:

„Sehen Sie, Lady! Sehen Sie, Sir! Sie sehen, das ist der Koran" – mir fiel auf, dass er manchmal „*der*" und manchmal „*der* " *sagte* – „es ist unsere Religion. Wir schwören darauf. Sehen Sie, um sicherzugehen!"

Ich nahm den Band entgegen und untersuchte ihn. Es war ein in Leder gebundenes Manuskript mit einer Klappe und sehr elegant verzierten Seiten und Rückseite mit irgendwelchen Motiven in Gold und Farbe. Die Schrift war rot und jede Seite hatte einen feinen roten Rand. In welcher Sprache es geschrieben war, konnte ich natürlich nicht sagen. Ich habe seitdem angenommen, es sei auf Arabisch; aber für uns hätte es ebenso gut der Talmud wie der Koran sein können. Ich gab das Buch an Nakier zurück.

„Es ist alles in Ordnung, sehen Sie, Sir", rief er aus und zeigte seine wunderbar weißen Zähne in einem Lächeln sanfter, respektvoller Gratulation, das seine Augen noch tiefer strahlen ließ und seinen hübschen Gesichtszügen eine neue Schönheit verlieh.

„Vielleicht liegt es am Koran", sagte ich. „Das kann ich nicht sagen. Ich glaube Ihnen."

Er wandte sich an die Männer und sprach sie mit leidenschaftlicher Geste an, worauf sie alle wie aus einem Mund riefen:

„Jaaas! Jaaas! Al-Koran! Al-Koran!" – nickend und zeigend und sich windend und mit übertrieben asiatischen Verrenkungen.

„Wir sind vollkommen zufrieden", sagte ich.

Nakier zog sich mit dem Buch an sein Ende des Tisches zurück. Er stand aufrecht da und strahlte die Anmut eines ruhenden Tänzers aus, gepaart mit zurückhaltender Begeisterung und Enthusiasmus.

„Die Dame und Sie, Herr!", rief er aus, während alle dunklen Augen am Tisch auf ihn gerichtet waren, „Sie wissen, warum wir den Kapitän und Miss Jones töten? Diese beiden bösen Männer – diese beiden niederträchtigen, abscheulichen Männer. Sie würden uns arme Muslime zur Sünde verleiten und uns in die Hölle schicken. Und warum? Es liegt ihnen nicht am Herzen, unsere Seele zu retten. Wir sind hierhergekommen, um zu arbeiten: Wir geben ihnen *das* für ihr Geld" – er hob seine geballten Hände und gestikulierte dann, als ob er zog und zerrte – „nicht das, das Allah gehört", und schlug sich heftig auf die Brust; womit er, wie ich annehme, seinen Geist oder sein Gewissen zum Ausdruck brachte.

Ein grollendes Gemurmel ging um den Tisch. Ich hätte nicht angenommen, dass die Jungs den Mann verstanden, aber in jedem der gelbbraunen Gesichter war deutliche Zustimmung zu erkennen, und als er sich an die Brust schlug, folgte ein allgemeines Nicken.

„Wir sind nicht alle Malayen", fuhr er fort, „aber wir sind alle Männer, Lady. Wir haben Gefühle – wir haben Hunger; wir trinken und weinen und lachen wie Sie alle, die Sie weiß sind und nicht an den Propheten glauben. Wir haben zwei furchtbar böse Männer getötet und es tut uns nicht leid. Nein, es ist Gerechtigkeit!", fügte er hinzu, mit einem plötzlichen, durchdringenden Anstieg seiner melodischen Stimme und einem Erröten der Augen, das etwas beunruhigend durch ein unbewusstes Umklammern der leeren Scheide an seiner Hüfte betont wurde. Aber sein Benehmen wurde sofort sanfter und seine Stimme wieder süßer, obwohl sein Verhalten, solange es anhielt, einen fast elektrischen Einfluss auf sein Volk auszuüben schien. Sie flatterten und schwankten wie Weizenähren, die vom Wind gestreift werden, und warfen einander und uns Blicke zu. Aber dies hörte auf, als Nakier wieder sein früheres Gebaren annahm.

„Dieses Schiff", sagte er, „ist auf dem Weg nach Table Bay. Einige von uns kommen aus Kapstadt. Alle wollen nach Afrika, und sie gehören nicht zu dem Kapstadt-Schiff, das in ihr eigenes Land fährt. Aber dieses Schiff darf nicht nach Kapstadt steuern. Wenn wir ankommen, wird gefragt: „Wo ist der Kapitän? Wo ist Miss Jones?" und wir dürfen es nicht sagen", sagte er lächelnd.

„Aber wohin möchten Sie dann gehen?", sagte ich, fast bedrückt von dem plötzlichen, gleichzeitigen Blick der Männer auf mich.

„In der Nähe von Kapstadt", sagte er.

„Aber was nennt man in der Nähe von Kapstadt?", fragte ich.

„Oh, da wird ein Fluss sein – wir finden ihn. Wir ankern und gehen an Land und lauf, lauf", rief er aus.

Helga erschrak leicht.

„Sie und Ihre Kameraden möchten, dass wir Sie irgendwo an Land bringen?", fragte Abraham.

„Jaa, das ist so", rief der Kerl namens Pallunappachelly.

„Nein, nein!", rief Nakier, „nicht irgendwo, Miss Vise. In der Nähe von Kapstadt, sage ich. Nicht zu weit, als dass wir zu Fuß gehen könnten."

„Aber um euch überhaupt an Land zu bringen?", rief Abraham.

Der Mann nickte.

„Ich nehme an, Sie wissen, Nakier", sagte ich, und ein Gefühl der Bestürzung lastete wie eine Last auf meinem Gemüt, „dass diese junge Dame und ich nach Hause zurückkehren wollen? Der Kapitän weigerte sich, sich von uns zu trennen – er bestand darauf, uns mitzunehmen – wir haben ein Zuhause, in das wir zurückkehren können. Sie wollen doch nicht, dass wir die Überfahrt zum Kap in dieser Barke machen?"

„Wer wird das Schiff steuern?", fragte Nakier.

„Aber das wird Mr. Wise", rief ich und wandte mich dem Bootsmann zu.

»Dann soll mich der Teufel taugen!«, rief Abraham zurückweichend. »Was? Abgesehen von diesen – was ist das – ›Soides‹ weiß ich nichts über die Länge.«

„Um Himmels Willen, Mann, reden Sie nicht so!", rief ich. „Miss Nielsen und ich müssen umgeladen werden."

„Das muss auch Oi!", sagte Abraham.

„Und Oi!", schrie Jacob heiser.

„Was sagst du?", rief Nakier lächelnd.

„Wir alle wollen an Bord eines anderen Schiffes gehen", sagte ich, „und diese Barke in Ihren Händen lassen, damit Sie damit machen können, was Sie wollen."

Es erklang ein scharfes Gemurmel von „Nein, nein!", und auf beiden Seiten des Tisches wurde heftig der Kopf geschüttelt. Nakier machte eine befehlende Geste und sagte ein paar Worte in seiner eigenen Sprache.

„Wir dürfen nicht über irgendein Schiff sprechen, Lady, und Sie, Sir, und Sie, Miss Vise, und Jacob, mein Kumpel. Können Sie nicht sagen, warum?"

„Wenn Sie uns aus Angst vor unserem Tod hier festhalten wollen", rief Abraham, „dann bin ich derjenige, der bereit ist, einen Eid zu schwören, dass ich nichts über das sagen werde, was passiert ist, vorausgesetzt, Sie bringen uns sicher an Bord eines anderen Schiffes."

Nakier lauschte mit verwirrtem Gesicht. Die Sprache von Deal war für ihn glücklicherweise unverständlich, wofür ich ihm außerordentlich dankbar war, denn nichts konnte gefährlicher sein als ein solches Gerede.

Helga, die die ganze Zeit über schweigend auf ihrem Stuhl saß, ohne den Blick zu mir zu heben oder den Kopf zu wenden, sagte leise, kaum mehr als ein Flüstern, so dass nur ich, der neben ihr stand, ihre Worte verstehen konnte:

„Man kann an ihren Gesichtern erkennen, dass sie entschlossen sind. Das alles ist im Voraus abgesprochen. Ihre Pläne sind geschmiedet, und sie wollen ihren Willen durchsetzen. Wir müssen den Anschein erwecken, als seien wir einverstanden. Lassen Sie uns einigen, dass sie den Eid ablegen können, sonst sind unsere Leben nicht mehr wert als die des Kapitäns oder des Maat."

Nakiers glühende Augen ruhten auf ihr, doch obwohl die Bewegungen ihrer Lippen sichtbar gewesen sein mochten, schien es ihnen, als flüsterte sie vor sich hin. Die Überzeugung, dass sie mit ihrem Rat absolut richtig lag, kam mir mit ihren Worten. Ich brauchte nur einen Blick auf die zwei Reihen entschlossener Gesichter zu werfen, um zu verstehen, dass selbst Zögern die

Kerle nur schnell in Rage bringen würde; dass sie sich von unseren vernünftigsten Wünschen nicht beeinflussen lassen sollten; dass unsere Leben verschont worden waren, damit wir sie an einen sicheren Ort bringen konnten; und auch das sah ich mit Hilfe der Erleuchtung, die Helgas wenige Worte vermittelten – dass sie, da sie fest davon überzeugt waren, dass das Mädchen geeignet war, das Schiff zu steuern, uns drei vernichten und sie festhalten könnten, wenn wir sie provozierten, und dass sie auf ihre Drohungen und ihre Situation bauen würden, um ihre Ziele zu erreichen.

Ich sagte in einer hastigen Bemerkung beiseite zu den Bootsführern:

„Kein Wort jetzt, von keinem von euch! Das muss mir überlassen werden ! Wenn ihr euch einmischt, werdet ihr mit eurem Blut selbst bestraft!"

Dann wandte er sich an Nakier:

„Ihre Forderungen lauten wie folgt: Die Barke soll zu einem Teil der südafrikanischen Küste gesteuert werden, der in der Nähe der Tafelbucht liegt?"

„Jaaa, Sir!", antwortete er und hielt einen Finger hoch, als würde er zählen.

„Der Ort, den Sie erreichen möchten, muss auf der Karte markiert sein."

Ein zweiter Finger ging hoch, gefolgt von einem weiteren „Jaas, Sir!"

„Wir dürfen nicht mit vorbeifahrenden Schiffen kommunizieren?"

„Richtig, Sir!", fügte er hinzu, nickte und lächelte und hob einen dritten Finger.

„Und dann?", sagte ich.

„Dann", sagte er, „schwören Sie, dies zu tun, und wir schwören beim Koran, wahrhaftig zu sein und Ihnen zu dienen und Ihr Freund zu sein."

„Und wenn wir ablehnen?", sagte ich.

„Sag es nicht!", rief er und machte eine ausholende Bewegung mit den Händen, als wolle er den Gedanken abwehren.

„Es muss andere Bedingungen geben!", sagte ich mit einem Ausdruck von Entschlossenheit, der, wie ich fürchte, nur schlecht vorgetäuscht war. „Zuerst zur Unterkunft?"

„Ich verstehe nicht!", sagte Nakier.

„Ich meine, wo sollen wir leben?", rief ich.

„Oh, hier! Oh, hier!", rief er und deutete auf die Kajüte. „Das ist Ihr Zimmer. Keiner von uns kommt hierher."

„Und hier höre ich auf, Kumpel“, sagte Abraham. „Ich will nichts mehr von eurem Vorschiff hören, Kameraden!“

„Für mich auch nicht!“, grollte Jacob.

„Sag das nicht!“, rief Helga und wandte sich hastig um, um sie anzusprechen. „Seid gewarnt. Mischt euch nicht ein. Lasst Mr. Tregarthen seinen Willen haben.“

„Und ich nehme an“, fuhr ich fort und ließ meinen Blick über die Reihen der Gesichter gleiten, bis er auf Nakier fiel, „dass man uns wie üblich bedienen und sich genauso gut um uns kümmern wird wie zu Captain Buntings Lebzeiten?“

„Jaaa, das ist wahr! Jaaa, das ist wahr!“, sagte Nakier demonstrativ, und Punmeamootty rief:

„Ich warte genauso auf Sie und die süße Dame. Ich sage Ihnen, was Sie möchten. Ich bereite das Zimmer vor“, und deutete auf die Kabinen des Maat und des Kapitäns.

Ich schüttelte schaudernd den Kopf und sagte dann leise zu Helga, deren Blick auf den Tisch gerichtet war:

„Können Sie mir noch etwas vorschlagen, was ich ihnen sagen könnte?“

„Nichts. Bringen Sie sie dazu, ihren Eid abzulegen.“

„Nakier“, rief ich aus, „wir stimmen Ihren Vorschlägen zu. Gemeinsam werden wir dieses Schiff für Sie steuern. Aber zuerst werden Sie und Ihre Kameraden bei dem Koran schwören, an den Sie glauben – ich nehme an, es *ist* der Koran –“

„Oh, jaaa, jaaa!“, rief er, und ein allgemeiner Chor von „Jaaaa“ erklang.

„Sie müssen bei Ihrem heiligen Buch schwören, uns nicht zu schaden, unsere Freunde zu sein, uns zu dienen und unsere Befehle auszuführen, als wären wir die Offiziere dieses Schiffes. Erklären Sie dies Ihren Männern, und lassen Sie sie den Eid auf ihre und die Art Ihres Landes ablegen, und wir werden zufrieden sein.“

Daraufhin sprach er sie an. Ich höre jetzt seine melodische Stimme und sehe sein lebhaftes, hübsches Gesicht, als er seine reichen, unverständlichen Silben ausspuckte. Es war schwierig, den Kerl anzusehen und nicht zu glauben, dass er ein Prinz seiner eigenen Nation war. Nichts in seiner Vogelscheuchenkleidung beeinträchtigte die Würde seines Auftretens und die Anmut seiner Bewegungen. Ich konnte ihn mir als eine Art Schlangenmensch vorstellen, die mit ihren wunderbaren Augen faszinieren und lähmen und ihr Opfer bewegungslos halten konnte, bis sie sich entschied, zuzuschlagen. Sein Einfluss auf die anderen war offensichtlich überragend, und ich hatte nicht den geringsten Zweifel, dass die Tragödie, die sich abgespielt hatte, seine war und ganz seine, durch den Anspruch der Schöpfung und des Befehls. Während er sprach, bemerkte ich hier und da ein schmutziges Gesicht mit einem Ausdruck des Protests darin. Die Lampe, die leicht über dem Tisch schwang, spendete genug Licht, um Ausdrücke zu erkennen. Als er aufgehört hatte, gab es ein kleines Stimmengewirr, ein laufendes Knurren sozusagen der Unzufriedenheit. Einer schrie ihn an, und dann noch einer, und dann noch ein dritter, aber eher in einem Ton der Vorhaltung als des Zorns.

Helga sagte, ohne den Kopf zu wenden:

„Ich nehme an, sie wollen auch, dass wir schwören. Ihre bloße Zusicherung genügt ihnen nicht.“

Die Vermutung schien klug und sehr wahrscheinlich, aber die Männer sprachen für uns vier reines Hebräisch. Nakier hörte zu und warf dabei blitzschnelle Blicke von einer Seite zur anderen, dann hob er plötzlich beide Hände in der dramatischsten Anschuldigungsgeste, die man sich vorstellen konnte, und zischte ihnen ein Wort zu, woraufhin alle Männer so verstummten, als ob sie angeschossen worden wären. Er nahm das Buch und reichte es dem Kerl neben ihm.

„Takee, takee“, rief er, damit wir ihn verstehen konnten. „Lady, und Sie, Herr, Miss Vise und Jacob, mein Kumpel, dies ist der muslimische Eid, den wir Männer jetzt ablegen. Ich spreche Ihre Sprache nicht gut, aber dies ist meine Rede auf Englisch, die Sie hören werden.“ Dann setzte er seine Miene auf und drehte die Augen nach oben, bis nichts als das Weiße in seinem dunklen Gesicht schimmerte, und rief in einem tief andächtigen Ton und mit Akzenten, die so melodisch waren wie Gesang:

„Im Namen Allahs, des Barmherzigen und gütigen Herrn aller Dinge, wenn ich diesen Eid breche, dann, oh Allah, soll ich in die Hölle kommen!“

Er hielt inne, dann wandte er sich dem Mann zu, der das Buch hielt, und dieser hielt es sofort mit ausgestrecktem Arm über seinen Kopf und sprach in seiner Muttersprache den Eid aus, den Nakier ins Englische zu übersetzen versucht hatte. Danach wurde das Buch dem nächsten Mann gereicht, und so ging es im Kreis herum, alles in totenstiller Stille, nur unterbrochen von den seltsamen, wild feierlichen Worten des Schwurleistenden, und ich bemerkte, dass Nakiers glitzernde Augen auf jedem Mann ruhten, während er schwor, als ob er ihn durch seinen Blick dazu zwang, den Schwur abzulegen.

Abraham und sein Kumpel sahen mit offenem Mund zu und atmeten tief durch. Das Buch kam zu Nakier. Er wollte es gerade hochheben, hielt dann inne und sprach mit dem grimmig aussehenden Kerl namens Ong-Kew-Ho, der sofort aus der Kabine glitt – keiner dieser Männer schien zu gehen: Die Bewegung ihrer Beine ähnelte der von Schlittschuhläufern. Ich fragte mich, was als nächstes passieren würde, als der Kerl, der am Steuerrad stand, eintraf. Nakier sprach ihn an. Sofort streckte er die Arme aus und streckte seine Zeigefinger in unsere Richtung, wie es die anderen getan hatten; dann hob er das Buch hoch und rezitierte den Eid.

„Das sieht alles sehr ehrlich aus", flüsterte ich Helga zu.

Dann legte Nakier den Eid ab, reichte einem Mann das Buch und sagte etwas. Augenblicklich richteten alle Männer ihre Arme auf uns, die Zeigefinger berührten sich, und eine Minute später hatten alle Männer, außer Nakier, die Hütte verlassen.

„Sehen Sie, Lady, es ist alles in Ordnung", sagte er lächelnd.

„Ja, wir sind zufrieden", rief sie und erhob sich von ihrem Stuhl. Doch ihr Blick fiel auf den Fleck auf dem Deck. Ein Ausdruck des Entsetzens zuckte wie ein Krampf in ihrem Gesicht, und mit einem halb unterdrückten Ausruf legte sie ihre Hand auf ihre Brust.

„Wenn der Tag kommt", sagte Nakier zu Helga, „sehen wir uns die Karte an und suchen den Ort, zu dem Sie steuern können."

Sein Auftreten war noch immer voll östlicher Anmut und Höflichkeit. Kein Ausdruck in seinem Gesicht verunstaltete seine Schönheit; doch irgendwie schien ich in dem Kerl eine subtile Haltung oder eine Art Befehlsgewalt zu spüren, als ob er sein Macht- und Besitzgefühl jetzt nur noch mit Mühe verbergen konnte. Es war klar, dass er hauptsächlich, wenn nicht sogar ausschließlich, auf Helga vertraute, wenn es darum ging, was für sie getan werden sollte.

„Sie sollen die Stelle zeigen, die Sie im Sinn haben", sagte sie.

„Beherrschen Sie die Navigation, meine Dame?"

„Unter uns", antwortete sie mit einer Handbewegung, die die beiden Bootsmänner und mich einschloss, „werden wir alles tun können, was Sie verlangen."

Er grüßte sie mit einer Art Salaam und sagte, während er Abraham ansah: „Wer hält Wache?"

„Wer hat an Deck Wache?", fragte ich.

„Steuerbord ist – nein", antwortete Abraham und scharrte unruhig mit den Füßen.

„Alles klar, Mr. Vise; alles klar! Es ist eine sehr schöne Nacht. Ich gehe jetzt schlafen“, sagte Nakier, und er schlich sich in seiner gleitenden, geisterhaften Art zur Kajütentür und verschwand in der Dunkelheit auf dem Achterdeck.

Wir vier standen gruppiert am Kopfende des kleinen Tisches und starrten einander an. Jetzt, da die farbigen Leute weg waren, überkam mich ein Gefühl der Unwirklichkeit dessen, was geschehen war. Es war, als würde ich aus einem Albtraum erwachen, wobei die Vernunft langsam den Schrecken überwältigte, der durch die grässliche Phantasmagorie des Schlafes hervorgerufen wurde.

„Wir dürfen hier nicht den Eindruck erwecken, als würden wir Pläne schmieden“, rief Helga. „Dort draußen im Schatten beobachten uns dunkle Gestalten.“

„Das ist ganz richtig, Miss“, sagte Abraham, „aber was ist zu tun?“

„Hier steht ein Mann“, rief Jacob hitzig und schlug sich an die Brust, „der es nicht für nötig hält, in einem verdammten Schiff voller blutiger Wilder zum Kap gebracht zu werden; und das ist noch ganz offen gemeint!“

„Psst!“, rief ich. „Beruhige doch deine Lederlungen, ja?“

„Liegen hier denn keine Schusswaffen herum?“, sagte Abraham.

„Das hoffe ich nicht“, sagte Helga. „Wir werden auch ohne Feuerwaffen klarkommen!“

'Woran denkst du?'

„Eine Idee, die noch nicht ausgereift ist“, antwortete sie. „Geben Sie mir Zeit zum Nachdenken. Ich glaube, dass nicht nur unser Leben gerettet werden muss, sondern auch das Schiff!“

„Ha!“, rief Abraham mit durstigem Blick. „Man muss ein Matrosenmädchen sein, um sich so etwas einfallen zu lassen! Ich bin ein Cockney, wenn ich hier keinen Bergungsjob sehe!“

Aber Jacob starrte uns düster an.

„Ich sage Folgendes“, rief er und wandte sich mit geballten Fäusten an uns: „Hier sind drei Engländer und ein Mädchen mit dem Herzen zweier Männer in sich“ – „Leise“, warf ich ein – „mit dem Herzen zweier Männer in sich“, fuhr er mit einer Faustbewegung fort; „und was kommt? He-leven-Büschel bunten Garns! He-leven-Heffigies mit Rückgrat, die einzeln so gebrochen werden!“ Er krümmte sein Knie und tat, als würde er einen Stock darüber brechen. „Sollen wir“, rief er, während ihm das Blut ins Gesicht stieg und ein Ausdruck des Zorns in seinen Augen funkelte, „sollen wir – drei Männer und eine junge Dame – ruhig dasitzen und darauf warten, ermordet zu werden?

Oder sollen wir sie behandeln, als wären sie ein Rudel Affen, die man unter die Erde schubst und unter Luken erstickt, wie ein Windhauch eine Rauchwolke davonweht?"

„Senke deine Stimme, Mann!", flüsterte ich. „Was willst du? – Den Tod herbeizaubern, dem du durch einen Sturzflug entkommen bist?"

„Was hindert uns daran", fuhr er mit gedämpfter Stimme fort, obwohl die Heftigkeit seines Temperaments in jedem Atemzug, den er ausstieß, mitschwang – „was hindert uns daran, das zu tun? Mehr als die Wache ist unten; drei oder vier können an Deck sein. Sollen die Luken nicht über das Vorschiff heruntergeklappt werden, wo sie sicher liegen, als wären sie auf dem Boden eines hundert Fuß tiefen Brunnens? Ist das nicht möglich? Und wenn die drei oder vier, die an Deck herumtollen, nicht von uns drei Männern gehandhabt werden können – gute Nacht!"

Er drehte uns in purer Verachtung und Leidenschaft den Rücken zu.

„Das können wir vielleicht noch besser machen", sagte Helga.

„Sie nehmen an, dass sie nicht gut aufpassen werden, Kumpel", sagte Abraham. „Sehen Sie mal! Was man da tun kann, diese Hände hier werden Ihnen ebenbürtig sein", und er schlug erst auf die linken, dann auf die rechten Fingerknöchel. „Aber, Moses, ich bin nicht hier, um getötet zu werden. Diese Kerle sind geborene Messerstecher. Berühren Sie eins, und Sie liegen stöhnend an Deck mit einer tödlichen Wunde im Bauch. Und wenn das, was wir tun, nicht vollständig ist – wenn es so ist, sind sie zu viele für uns – und es ist elf vor drei, denken Sie *daran* , Kumpel – was soll dann passieren? Stellen Sie sich die Frage selbst! Der Dame zuliebe bin ich für Vorsicht."

„Wir dürfen hier nicht länger debattieren", sagte ich. „Sie glauben, wir seien aufrichtig. Es gibt Augen, die uns beobachten, wie Miss Nielsen sagt. Diese Ratssitzung wird sie nicht beruhigen. Wenn Sie etwas dagegen haben, Wache zu halten, Abraham, übernehme ich die Leitung."

„Ich werde dir Gesellschaft leisten", sagte Helga.

„Nein, nein!", rief Abraham. „Das ist meine Wache, und ich werde sie einhalten."

Er ging unbeholfen und mit verwirrtem Gebaren zur Nebentreppe.

„Ich bleibe bei dir, Abey", sagte Jacob. „Nach dem, was ich gesehen habe, als ich am Steuer stand – der Schrei des armen Kerls – wie sie ihn über Bord geworfen haben –" Er vergrub seine Augen in seinem Mantelärmel. „Die verfluchten Mörder!", rief er, hob sein Gesicht und sah sich wild um.

„Kommt!" rief Abraham, „wenn Ihr kommen *wollt* ! Was habt Ihr für uns zu tun?"

„Ich werde Sie um vier ablösen", sagte ich und sah auf die Uhr, deren Zeiger auf Viertel vor zwei standen.

Die Männer gingen an Deck, und ich dimmte die Lampe – denn das Licht wirkte zusätzlich zu der Vorstellung, dass sie uns draußen heimlich mit feurigen Augen beobachteten, wie eine gewaltige Reizung für meine Nerven war –, und ich setzte mich neben Helga auf eine Kiste, um zu flüstern und nachzudenken.

Das Mädchen und ich hatten einige böse, dunkle und gefährliche Stunden erlebt, seit wir uns in jenem wütenden Sturm am Samstagabend zum ersten Mal begegnet waren; aber die schlimmsten von allen waren nicht mit dieser Mittelwache vergleichbar, die wir fast zwei Stunden lang in der Dunkelheit in der Stille des Ozeans auf dem Schiff verbrachten und uns die Bewegungen dunkler Gestalten in der Schwärze vorstellten, die wie eine Wand bis zur Kabinentür reichte, und das Glitzern schnell verschwindender Augen, die uns durch das Oberlicht der Kabine anstarrten. Regelmäßig ertönte durch die Stille der gemeinsame Schritt von Abraham und seinem Maat über unseren Köpfen, manchmal mit einem Halt, der das Ohr fast erschreckte, während wir das brummende Knurren ihrer Unterhaltung deutlich hören konnten, als sie auf ihrem Weg hin und her durch das Oberlicht gingen.

Doch seltsamerweise – ich spreche für mich selbst – lastete der Schrecken des Doppelmordes nicht so schwer auf meinem Geist, wie ich es mir als Auswirkung einer so schockierenden, plötzlichen und blutigen Tragödie vorgestellt hätte. Was ein akuter Schrecken hätte sein können, wurde durch die Wahrnehmung unserer eigenen Gefahr zu kaum mehr als einer dumpfen und ekelerregenden Bestürzung gedämpft. Und doch sah ich auf die Kojen zu beiden Seiten der Kajüte, als ob aus einer von ihnen die Gestalt des Kapitäns oder seines Maaten hervortreten müsste! Der Fleck auf dem Kajütendeck lag schwarz wie Tinte vor der Kapitänstür. Wenn man bedenkt, dass *das* alles war, was seine Barke jetzt von ihm enthielt!

Wir saßen da und flüsterten über das unglückliche Geschöpf und seinen elenden Untergebenen; dann drehte sich unser Gespräch um andere Dinge. Ich sagte Helga, wir brauchten nicht zu bezweifeln, dass die Absicht der Mannschaft darin bestand, das Schiff an einem Teil der südafrikanischen Küste zu stranden, nahe genug an Kapstadt, um die Strecke zu bewältigen, aber zu weit von der Zivilisation entfernt, als dass man die Bewegungen der Barke hätte beobachten können. Das sei ihr Entschluss, sagte ich: Ich könnte es schwören, als ob es mir offenbart worden wäre. Dass sie uns drei Männer niemals lebend an Land gehen lassen würden, konnten wir uns so sicher sein, wie dass sie Bunting und seinen Maat abgeschlachtet hatten.

„Ihr Eid zählt nichts, meinen Sie?", sagte sie.

Ich antwortete: „Nichts. Ihr Leben ist ihnen wichtiger als ihr Eid. Es ist unwahrscheinlich, dass sie uns ihre Verbrechen als Zeugen aussagen lassen würden." Unter der schlangenähnlichen Fassade von Nakier verbarg sich eine ebenso leidenschaftslose Mordlust wie nur je der mechanische Instinkt eines tödlichen Tieres oder Reptils.

„Sein Auge", sagte ich, „wird uns nie aus den Augen lassen." Selbst wenn wir flüsterten, konnte sein Blick oder der eines anderen, der ebenso subtil war wie er, auf uns gerichtet sein. Er war derjenige, den man fürchten musste; und das veranlasste mich zu der Frage: „Was ist zu tun?"

Doch bevor die Zeiger der Uhr auf vier zeigten, wussten wir, was zu tun war. Es war ganz Helgas Plan. Ihr Gehirn hatte alles geplant; aber erst als sie sprach und ihren Plan Stück für Stück darlegte, verstand ich den Grund ihres Schweigens, während ich fieberhaft meine Ängste geflüstert hatte, vom Kapitän, von Nakier, vom Verrat der malaiischen und singalesischen Schurken gesprochen und, wie man laut denken könnte, gefragt hatte: „Was ist zu tun?"

Wir gingen um vier an Deck. Es war die dunkelste Stunde der Nacht, aber sehr ruhig. Ich bat Abraham und den anderen Mann, nach vorne zu gehen und sich hinzulegen, wie es bisher ihre Gewohnheit war.

„Kein Wort!", rief ich und antwortete sofort auf Jacobs ersten Einwand. „Ich kann hier nicht sprechen. Am Steuer sitzen durstige Ohren. Wir haben schon lange vor morgen um diese Zeit geplant, dass die Barke uns gehört, und Sie brauchen nichts weiter zu tun, als den Wert der Bergung zu berechnen. Ich werde bald eine Gelegenheit finden, es zu erklären – aber nicht hier! Nicht *jetzt*! Vorwärts mit Ihnen beiden; denn unser Leben hängt davon ab, dass die Kerle glauben, dass wir Vertrauen in sie haben."

Ich sprach dies so schnell, wie es die Verständlichkeit zuließ, und entfernte mich mit Helga von ihnen und ging auf das Rad zu. Sie starrten und überlegten einen Moment, dann gingen sie wortlos weiter.

Ich sprach freundlich mit dem Kerl am Steuer – ich konnte nicht sehen, wer es war – und sagte, dass der Kurs des Schiffes der richtige für die südafrikanische Küste sei usw. Er antwortete mir kehlig, mit einem Anflug von Zufriedenheit in seiner schweren Stimme, und dann begannen Helga und ich, ruhig auf dem Deck auf und ab zu gehen.

Wir achteten sehr darauf, leise zu sprechen; die Bewegungen dieser farbigen Mannschaft waren so flink und geisterhaft, dass es unmöglich war zu erkennen, wo ein Mann versteckt lag und lauschte. Zweimal sah ich in der Dunkelheit um den Großmast einen Schatten huschen, und während ich ging, warf ich immer wieder einen Blick nach hinten.

Es schien eine Ewigkeit zu dauern, bis das kalte Grau der Morgendämmerung im Osten schwebte. Das erste, was das trostlose und trostlose Licht offenbarte, war ein dunkelroter Fleck neben dem Begleitschiff, dicht an der Reling, der die Stelle markierte, an der der unglückliche Maat erstochen worden war. Die Barke schlich sich schimmernd ins Tageslicht und hob ihre aschgraue Leinwand, während es düster über das Deck schwebte, wo das Vorschiff endete, als wäre die Schwärze der Nacht etwas Greifbares gewesen und die verweilenden Schatten zwischen der Reling Fragmente und Fetzen davon . Ich überflog die Seelinie. Der Ozean war eine graue Wüste, die in dünnen Wellenlinien dahintrieb, die ihn wie einen riesigen Teppich aussehen ließen, der von einem Windhauch bewegt wurde. Aber die leichte Brise des Vorabends war noch da, und der breite Bug des Schiffes brach das Wasser in Falten, fein gezeichnet wie Klaviersaiten, als es langsam vorwärtsschwamm und rollte.

Drei der Besatzungsmitglieder saßen wie Lascars zusammengekauert am Langboot. Ich rief, und sie sprangen sofort auf und kamen nach achtern.

„Hol dir einen Schaber", sagte ich, „und entferne den Fleck so schnell du deine Arme bewegen kannst vom Deck."

Sie sprangen vor, kamen mit den nötigen Werkzeugen zurück und lagen eine Minute später auf den Knien und scharrten heftig. Mit einem schrecklichen Gefühl von Herzeleid kehrte ich zu Helga ans andere Ende des Decks zurück.

Die Sonne ging auf: Der Morgen sollte hell werden; der Himmel verfärbte sich in klarem tropischen Blau nach Süden und Westen, und im Nordosten hingen die Wolken wie eine Schicht gefrorenen Silbers hoch und reglos – bloße perlenartige Federn oder Dunst, der bald absorbiert werden musste. Helga ging nach unten in ihre Kabine unter Deck. Als ich sie fragte, ob sie sich nicht scheue bei dem Gedanken, allein in diese düsteren Tiefen vorzudringen, lächelte sie und verließ mich mit den bloßen Worten: „Sie haben mich tapfer genannt, aber Sie glauben mir das nicht!"

Es war kurz nach sieben, als ich Nakier in der Tür der Kombüse stehen sah, wie er mit jemandem drinnen sprach. Ich rief ihn, und er klopfte sofort die Asche aus seiner Pfeife, ließ den Zoll rußigen Lehms in seine Brust gleiten und kam auf mich zu. Sein Gruß war voller Respekt, und er musterte mich mit so sanften und herzlichen Augen, dass man die einnehmende Zärtlichkeit seines Herzens sehen konnte, die sein Gesicht in Lächeln überflutete. So viel zum Schein! Der mit den giftigsten Reißzähnen von allen in dieser Barke, voller farbiger Elender, die durch Kapitän Joppa Buntings Bekehrungstheorien zu Schurken und Mördern gemacht wurden, hätte in jedem Auge als einer der ganz wenigen gutmütigen Menschen in dieser großen Welt der verblendeten Menschheit erscheinen können!

„Schicken Sie Abraham zu mir", sagte ich so höflich wie möglich. „Er hat unten Wache, aber ich brauche seine Anwesenheit und Hilfe, während ich die Kapitänskajüte nach Karten, Navigationsinstrumenten usw. durchsuche."

Durch das Herabhängen der Lider versuchte er den scharfen Blick, den er mir zuwarf, zu verschleiern.

„Ja, ich schicke Miss Vise zu Ihnen, Sir", sagte er, „aber zuerst möchte ich über den Ort sprechen, zu dem wir segeln. Wir haben uns geeinigt und bitten Sie", fuhr er mit einem Lächeln fort, das seinem hübschen Gesicht einen schmeichelnden Ausdruck verlieh, „das Gleiche mit uns zu vereinbaren, um nach Mossel Bay zu segeln. Es ist eine sehr schöne Bucht und hat eine nette kleine Stadt."

„Ja", sagte ich. „Und wenn wir dort ankommen, was haben Sie mit dem Schiff vor?"

„Oh, wir werden alle an Land gehen", antwortete er.

Dann fragte er mich, ob ich wüsste, wo Mossel Bay liege. Ich antwortete, dass ich noch nie von diesem Ort gehört hätte, aber wenn er auf den Karten verzeichnet sei, könnten wir die Barke zweifellos dorthin bringen. Dann bat ich ihn erneut, Abraham nach achtern zu schicken, damit er, ich und die junge Dame den Inhalt der Kapitänskajüte untersuchen, die Lage des Schiffes bei der letzten Beobachtung feststellen und den einzuschlagenden Kurs besprechen könnten. Ich dachte, er zögerte einen Augenblick, aber mit der typisch malaiischen Entschlossenheit, die mir kaum Zeit ließ, seine Geisteshaltung zu bemerken, rief er aus: „Ich werde Miss Vise schicken, Sir", und ging weiter.

Nach ein paar Minuten traf Abraham ein. Ihm folgte rasch Jacob, der in der Mitte des Schiffes hing und wehmütig nach achtern blickte. Mit ihm sollte jedoch später gesprochen werden, denn wir drei hatten die Politik, uns so weit wie möglich getrennt zu halten und nur unter einem Vorwand zusammenzukommen, den ich mir jetzt ausgedacht hatte. Die Männer, die die Wache an Deck bildeten, „faulenzten herum", um den ausdrucksstarken Ausdruck zu verwenden, einer lehnte an der Reling, während ein anderer mit ihm sprach; hier hockte ein Kerl wie ein Hindu, der eine Wolke auspustete, dort patrouillierte ein Paar drei Meter Deck, die Arme vor der Brust verschränkt. Es gab keine Gestikulation, keine Aufregung, nichts von dem schnellen, wilden, geflüsterten Gespräch, das durch das Aufblitzen des schiefen Blicks deutlich wurde, der bis in die Dämmerung des Vorabends aufgefallen war. Nakier ging auf der Luvseite des Vorschiffs auf und ab. Ich ertappte ihn nicht ein einziges Mal dabei, in unsere Richtung zu blicken, doch ich konnte *spüren* , dass der Kerl uns so fest im Auge hatte, als wäre sein Blick geradeaus gerichtet.

„Abraham", sagte ich, „ich habe nach Ihnen geschickt, unter dem Vorwand, mir dabei zu helfen, die nautischen Geräte des verstorbenen Kapitäns zu überholen. Mein wirkliches Motiv ist, eine Gelegenheit zu schaffen, Sie mit dem Komplott vertraut zu machen, das Miss Nielsen und ich während unserer Zeit in der Kajüte ausgehandelt haben. Machen Sie kein wissendes Gesicht, Mann! Setzen Sie so ehrlich und dumm wie möglich auf Deal Beach."

Ich habe Nakier angerufen.

„Die Bark muss beobachtet werden. Gehen Sie nach achtern und halten Sie Ausschau, während wir unten sind, ja?" Und ich betrat, gefolgt von Abraham, die Kajüte.

KAPITEL VI.

HELGAS GRUNDSTÜCK.

Bevor ich Helga rief, beschloss ich, einen Blick in die Kojen zu werfen, falls es in der einen oder anderen einen Anblick geben sollte, der für sie zu schockierend war. Der große Blutfleck auf dem Deck dicht neben der Kabinentür ließ mich daran denken. Sein wahres Gesicht zeigte sich im Tageslicht. Abraham wich erneut zurück, als er ihn sah, aber die Zeit war kostbar. Diese Gelegenheit musste ich nutzen, und ich stieß die Tür auf und spähte hinein. Es war, wie ich vermutet hatte. Der Kapitän war von zwanzig Messerstichen der Kerle ermordet worden, als er in seiner Koje lag und schlief. Nicht ein einziger, nicht ein halbes Dutzend Stiche hätten die Bettwäsche und den Teppich auf dem Deck, auf den wir starrten, so entsetzlich machen können. Es war kein Innenraum, der für Helga geeignet war.

Ich schaute in die Koje des Maat und fand sie so vor, wie der Mann sie verlassen hatte – die Decke lag noch so da, wie sie hingeworfen worden war, als er aufgestanden war. Hier gab es nichts Furchtbares; aber unser Anliegen war die Kapitänskajüte, und voller Abscheu betrat ich den schrecklichen Raum erneut und schloss die Tür.

„Ein erbärmlicher Anblick! Ein erbärmlicher Anblick, Sir!" rief Abraham, blickte sich verblüfft um und biss sich auf die Unterlippe, um sie anzufeuchten.

„Jetzt pass auf!", sagte ich. „Sammeln Sie Ihren Verstand, denn unsere Kriegslist bedeutet für uns Leben oder Tod."

Ich brauchte nur wenige Minuten, um Helgas Plan mitzuteilen. Er begriff die Sache mit der Schnelligkeit eines Seemanns, nickte eifrig, und das Blut kehrte auf mein hastiges Flüstern in seine Wangen zurück. Und als ich fertig war und zurücktrat, um ihm sein Urteil ins Gesicht zu schreiben, versetzte er ihm einen kräftigen Schlag auf den Oberschenkel, sagte aber mit kalter, entschlossener Stimme, obwohl sein Gesicht ganz aufgeregt war:

„Das geht, Sir. Es kann nicht schiefgehen. Man muss sie nur zusammenbringen, aber das erfordert ein wenig Geduld."

„Nun", sagte ich, „sehen wir mal, was hier ist. Hatte der arme Kerl wohl einen Revolver?"

Aber wir suchten vergebens nach einer solchen Waffe. Mit hastigen, verzweifelten Händen, nie wissend, ob im nächsten Moment Nakier hereinkommen oder uns ein forschendes gelbes Gesicht durch das kleine Fenster, das auf das Achterdeck hinausging, anstarren könnte, durchsuchten wir die Schränke, untersuchten eine große schwarze Seemannskiste, untersuchten die Regale – ohne Erfolg.

„Er war ein zu guter Christ", sagte Abraham heiser, „um eine Pistole zu besitzen. Wäre er aus Neuschottland gewesen, hätte es hier genug Waffen gegeben, um ein Linienregiment damit auszurüsten."

„Es lässt sich nicht ändern", sagte ich und war dennoch bitter enttäuscht, denn ich hatte damit gerechnet, einen Revolver zu finden, da ich kaum daran zweifelte, dass ein Mann, der das Kommando über eine solche Schiffsbesatzung hatte, wie es diese farbigen Kerle bildeten, gut bewaffnet zur See fahren würde.

In aller Eile brachten wir eine Tasche mit Seekarten, ein paar Sextanten, einen Chronometer und andere Dinge dieser Art in die Kabine des Maat und schlossen dann mit schwerem Herzen die Tür zu dem tragischen Inneren der Kapitänskajüte. Ich durchsuchte den Inhalt der Tasche und fand eine große, blau hinterlegte Karte von Südafrika mit Randabbildungen der wichtigsten Häfen, Anlegestellen und Landzungen.

„Das reicht", sagte ich, rollte es zusammen, klemmte es unter den Arm und trat in Begleitung von Abraham durch die Kajütentür.

Beim Vorbeigehen fiel mein Blick noch einmal auf den furchtbaren Fleck, der in die Planke des Decks eingegraben war, und als ich Punmeamootty etwas vor dem Großmast mit einem anderen Mann sprechen sah, wollte ich ihm gerade zurufen und ihm befehlen, den widerwärtigen, abstoßenden Fleck herauszukratzen. Aber im selben Augenblick kam mir der Gedanke, es dabei zu belassen: Es war ein Detail, das in unsere Kriegslist passte, und ich flüsterte Abraham diese Idee zu, als wir die Kajüte verließen. Ich glaubte, dass Helga die ganze Zeit unten in ihrer Kabine war, und ich beugte mich über die kleine Luke, die zu unserer Kajüte führte, um sie zu rufen, als sie meinen Namen vom Deck über mir aussprach, und als ich aufblickte, sah ich sie mit Nakier an der Messingreling stehen.

„Soll ich weitergehen und frühstücken oder bei Ihnen bleiben, Mr. Tregarthen?", sagte Abraham.

„Bleib noch eine Weile bei mir", antwortete ich, und er folgte mir zum Achterdeck.

Nakiers schöne Augen glühten, und sein Gesicht war von einem Ausdruck der Bewunderung und Freude erfüllt. Schon beim ersten Blick war klar, dass Helga ihre einfachen, hübschen Künste im Gespräch mit ihm nicht geschont hatte.

Ihre ersten Worte an mich waren:

„Nakier hat mir von seinem Heimatland erzählt. Oh, was für ein glückliches Land mit Blumen und Vögeln und tausend anderen Freuden muss das sein!" Sie faltete entzückt die Hände und fügte hinzu: „Ich hoffe, eines Tages dieses strahlende Land besuchen zu können."

‚Das ist alles sehr geschickt und gut erdacht und gut gemacht', dachte ich und warf einen verstohlenen Blick auf Nakier, der mit unverhohlener Bewunderung das süße, frische Gesicht des Mädchens betrachtete, das von ihrer Inszenierung leicht gerötet war; ‚aber wenn wir drei Männer umgebracht werden sollten –' Ich unterdrückte den Ansturm hässlicher Phantasien, die sich über den Gedanken türmten, dieser finstere Schurke mit dem fürstlichen Gebaren könnte sich in sie verlieben, und rief:

„Ja, das Land der Malaien ist ein Paradies, glaube ich! Hier, Nakier, ist eine Karte von Südafrika."

Wir gingen zum Oberlicht, um es zu verteilen.

„Nun", sagte ich, „wo ist diese Mossel Bay, von der Sie gesprochen haben?"

Ich studierte die Karte mit gespanntem Interesse. Er deutete sofort mit einem Zeigefinger, der so zart geformt war wie der einer Frau, auf die Stelle.

„Ha!", sagte ich. „Ja, das ist östlich von Agulhas. Sehen Sie", fuhr ich fort und zeigte auf eine der Randabbildungen, die ich erwähnt habe, „hier ist ein Bild von der Bucht. Es ist ein langer Weg nach Kapstadt!", fuhr ich fort und sah mich nach Nakier um.

„Oh nein, genug Kutsche, genug Pferd, genug Ochse", antwortete er, fletschte die Zähne und sprach ohne die geringste Zögerung – eine Zuversicht, die mir Hoffnung machte, denn es genügte wirklich, dass er uns für leichtgläubig genug hielt, um anzunehmen, dass Mossel Bay das Ziel war, das er im Sinn hatte.

„Hier ist das Bild, Helga!", sagte ich. „Siehst du es, Abraham? Eine schöne offene Reede, die dir und Miss Nielsen nicht so leicht entgehen kann. Unten sind ein paar ausgezeichnete Sextanten und ein guter Chronometer und alle notwendigen Instrumente für eine sichere Navigation."

„Oy, ein erstklassiger Brauner, ganz klar!", rief Abraham.

Er blickte nachdenklich auf die Karte und zeichnete mit seinem eckigen Daumen die Küstenlinie entlang, als würde er Kurse und Entfernungen berechnen. So elend ich mich auch fühlte, hätte ich über sein Gesicht in Gelächter ausbrechen können.

„Ich habe schon lange vor", sagte er und schielte immer noch auf die Karte, „diese fremden Gegenden hier zu besuchen. Ich habe gehört, dass Kapstadt eine richtige Stadt ist, wo es viele Weintrauben gibt und Sherry-Reben und ähnliche Getränke zum Ausruhen, alles von A bis Z. Aber sehen Sie mal, Nakier", sagte er in wunderbar vertrauter und freundlicher, schiffskameradhafter Art. „Ich bin ein armer Mann, und mein Kumpel Jacob auch. Sagen Sie mir, was ich denke: Besteht nicht die Möglichkeit, dass wir für diese Fahrt hier ein paar Pfund einstreichen?"

Seine offensichtliche Ernsthaftigkeit muss ein feineres Auge getäuscht haben, als Nakier es je hätte tun können. Ich sagte ein oder zwei Worte, als ob ich Einspruch erheben wollte.

„Sie und ich, Miss Vise, werden uns später darüber unterhalten. Wir alle wollen Geld und wir bekommen es", antwortete Nakier und nickte bedeutungsvoll.

Ich wandte mich teilweise ab, als gäbe es an diesem Gespräch nichts, das mich interessieren könnte.

„Du weißt nicht, was Unterschlupf ist, Nakier, nehme ich an", sagte Abraham. „Dieses Schiff hier ist das, was wir bei uns in der Gegend einen verdammt guten Job nennen würden –"

Ich unterbrach ihn, weil ich befürchtete, er könnte seine Rolle übertreiben: „Du könntest jetzt nach vorne gehen und frühstücken, Abraham. Du kannst mich hier ablösen, wenn du mit dem Essen fertig bist. Gibt es noch etwas, das du wissen möchtest, worüber uns diese Karte Auskunft geben kann, Nakier?"

„Nein, Sir. Jetzt wissen Sie, wo Mossel Bay ist, es ist ganz richtig."

Abraham stieg die Achterleiter hinab. Unter dem Vorwand, ihm die Karte zu geben, damit er sie in der Maatkoje zurücklegte, flüsterte ich: „Pass auf, dass du Jacob alles erzählst", und ging dann mit Helga nach achtern, während Nakier nach vorn ging.

Den ganzen Morgen über blieb das Wetter wunderbar strahlend und ruhig. Der Himmel war von Linie zu Linie blau und die Sonne so heiß, wie wir sie zehn Grad weiter südlich erwartet hätten. Doch kurz nach zehn Uhr legte sich der schwache Wind, der dem *Licht der Welt kaum* noch Fahrt verschafft hatte, vollständig; die Atmosphäre wurde träge und öde, hohl, wie man es manchmal vor einem Sturm bemerkt, als ob die Natur ihre Wangen einzog, bevor sie ihren Atem durch ihre fiebrigen Lippen ausstieß. Ich steckte meinen Kopf durch das Oberlicht, um auf das Barometer zu schauen, ohne zu wissen, dass dieser vorübergehenden Phase schwüler Stille vielleicht schlechtes Wetter folgen würde; doch das Quecksilber stand hoch und die linsenartige Schärfe der Horizontlinie zusammen mit dem hohen Schönwetterblau war eine so deutliche Bestätigung seines Versprechens, wie man es sich nur wünschen konnte. Um elf Uhr wurde die Ruhe durch ein zartes Plätschern des Windes aus Nordosten unterbrochen – ich nahm an, es sei die erste Auffächerung des Nordostpassats. Abraham stellte die Rahen auf den Wechsel ein und gab anschließend einige Anweisungen zum Vorsegel. Ich war zu diesem Zeitpunkt an Deck und als ich dies hörte, stand ich hastig auf und drängte mich an ihm vorbei. Dabei sagte ich zwischen den Zähnen, so verärgert war ich über seinen Mangel an Voraussicht:

„Halte deine Leesegel fest, du Narr! Sind wir drei Engländer eine Kompanie eines Linienschiffs? Denk nach, bevor du losbrüllst!"

Er sah seinen Fehler ein, und als hätte das Wetter eine Debatte in seinem Kopf ausgelöst, rief er, nachdem er in aller Ruhe den Blick auf das Meer geworfen hatte, den drei oder vier Kerlen zu, die oben herumkletterten, um den Baum auf der Fock aufzutakeln:

„Kümmern Sie sich nicht um das Betäubungssegel dort! Sie können sich hinlegen, meine Jungs!", brüllte er mich an (der nach achtern zurückgekehrt war), zweifellos um sich bei Nakier zu entschuldigen, der auf dem Vorschiff war und anscheinend auf eigene Faust das Schiff im Auge behielt. „Es hat keinen Sinn, sich über Betäubungssegel Gedanken zu machen, Mr. Tregarthen, bis die Brise hier stärker wird. Das hält die Männer nur unnötig auf Trab."

„Wenn wir nicht schnell sind", flüsterte ich Helga zu, als wir in Hörweite des Steuermanns standen, „wird uns dieser Abraham zugrunde richten. Denken Sie an den Kerl, der zu so einer Zeit Segeltuch auftürmt! Was für ein Fluch ist die Folgerichtigkeit außerhalb der Saison! Hier ist ein armer, elender Deal-Bootsmann mit dem Privileg, ein paar schwarze Männer herumzukommandieren, und er weiß nicht, wie er seine Rechte richtig nutzen soll."

Von Zeit zu Zeit blickte ich mechanisch auf dem Meer umher, auf der Suche nach einem Schiff, doch ohne die Hoffnung, im Glanz eines Segels oder im Schatten des Rauchs eines Dampfers Ermutigung zu finden. Meine Hoffnung lag in einer ganz anderen Richtung. Aber die Sitte ist auf Schiffen seltsam stark, und ich hielt weiter Ausschau, obwohl ich nicht den Wunsch hatte, etwas zu sehen.

Kurz vor Mittag holte ich die beiden Sextanten, von denen ich einen Abraham und den anderen Helga gab. Der Bootsmann schien kaum zu wissen, was er mit dem Instrument anfangen sollte; es war ein neuer, sehr schöner Sextant, blitzend aus Messing und mit Details wie Teleskop, farbigem Glas und dergleichen, und hatte ebenso wenig Ähnlichkeit mit dem alten, von der Zeit zerfressenen Quadranten, der mit der *Early Morn untergegangen war*, wie mit dem Querstab des alten Seemanns. Ich bemerkte, wie er ihn ans Auge legte und dann damit herumfummelte, und als ich mehrere Kerle vorn bemerkte, darunter Nakier, die uns aufmerksam beobachteten, rief ich ihm leise zu:

„Behalte es im Auge, Mann! Lass sie glauben, dass du es genau verstehst!"

„Da hast du recht", antwortete er und hielt sich das Instrument vors Gesicht. „Aber wer zum Teufel will die Sonne mitten in so ein Durcheinander von Zierrat bringen wie dieses hier?"

Die Aufmerksamkeit der Männer war jedoch in Wirklichkeit auf Helga gerichtet. Sie stand an der Reling, in ihrer vollen Sichtweite, und der Anblick war tatsächlich neuartig genug, um ihr Starren zu erklären, abgesehen von der Hoffnung, die sie in sie setzten, dass sie ihr Schiff zu der Küste steuern würde, an der sie es, wie ich annahm, stranden lassen wollten. Ihr gut sitzendes Kleid aus dunklem Serge zeigte noch keine Anzeichen von Abnutzung. Keine Haltung, die sie kunstvoll hätte einnehmen können, hätte den Charme ihrer Figur so glücklich zum Ausdruck bringen können wie diese, als sie ihr Gesicht der Sonne zuwandte und den glänzenden Sextanten vor ihr Auge hielt. Das zarte blasse Gold ihres kurzen Haares hatte genau die richtige Tönung, um den düsteren Blick, der auf sie gerichtet war, zu faszinieren. In ihren Gesprächen mit mir hatte sie wenig oder gar nichts aus ihren Navigationskenntnissen gemacht, aber es war auf den ersten Blick leicht zu erkennen, dass sie eine geübte Hand in der Kunst war, den Sonnenrand an den Rand der Meereslinie zu locken.

Ich erspähte Nakier, der sie mit atemlosem Interesse beobachtete. Er und die anderen hatten vielleicht an ihrer Fähigkeit gezweifelt, da sie davon nur aus beiläufigen Gesprächen wussten, die Punmeamootty am Kabinentisch aufschnappen und wiederholen konnte. Aber jetzt rechtfertigte sie ihre Erwartungen, und inzwischen starrte die gesamte Mannschaft – zehn Mann, mit Jacob an der Hüfte und einem Malayen am Steuer – wie ein Mann auf sie; der Koch von der Tür seiner Kombüse aus, Nakier auf dem Vorschiff, der an einem Seil baumelte, der Rest von ihnen hier und da in Gruppen.

„Es ist acht Glockenschläge", rief Helga mit ihrer klaren Stimme, die wie immer durch die leichte Härte skandinavischer Artikulation akzentuiert war.

„Höhenglocken!", brüllte Abraham, obwohl es für ihn den Angaben seines *Sextanten* nach Mitternacht hätte sein können.

„Glockenschlag acht!", ertönte Nakiers melodische Stimme wie ein verspätetes Echo von Helgas Schrei, und das Glockenspiel hallte über das stille Deck.

Ich sagte Abraham, er solle nach unten in die Kabine des Maat gehen und Materialien wie Tinte, Papier, Logbuch und so weiter holen, damit Helga die Sehenswürdigkeiten ausrechnen könne; auch den Chronometer und den

Nautischen Almanach. Dies war ein Teil unseres Plans; ansonsten war der Chronometer, wie Sie sich vorstellen können, nichts, was man hierhin und dorthin tragen konnte, am allerwenigsten von Händen wie denen von Abraham. Die Männer gingen jetzt in die Kombüse und wieder hinaus und trugen ihr Abendessen aus geräuchertem Rindfleisch und Schiffsmüll ins Vorschiff. Sie unterhielten sich eifrig und in einem lobenden Ton. Dass Helga mit dem Sextanten herausfinden konnte, wie spät es war, war die vollste Garantie für ihre Eignung als Navigatorin, die die unwissenden Seelen der armen Teufel hätten verlangen können.

Nakier blieb auf dem Vorschiff und beobachtete uns. Ich rief ihn mit einer Bewegung meines Zeigefingers herbei, und er glitt rasch zum Achterdeck.

„Ich möchte, dass Sie hier bleiben", sagte ich, „während Miss Nielsen die Position der Barke berechnet, damit Sie den übrigen Männern mitteilen können, dass sie in freundlichen Händen sind und dass wir von Ihnen allen dasselbe freundliche Verhalten erwarten."

Er antwortete mit einer Handbewegung, die so ausdrucksstark war wie die Geste eines Franzosen.

„Es wäre für die Dame bequemer gewesen", fuhr ich fort, „ihre Berechnungen in der Kapitänskajüte anzustellen, aber …" Ich sah ihm direkt ins Gesicht. Er schien nicht zu verstehen. „Diese Koje ist für sie nicht geeignet."

„Ha!", rief er aus. „Das wird wieder gut. Ich habe es vergessen."

»Bis bald. Keine Eile jetzt. Sag Punmeamootty, er soll uns unser Abendessen hierher bringen. Miss Nielsen will die Kommode nicht benutzen. Sie ist eine junge Dame – leicht zu beeinflussen – verstehst du mich, Nakier? Wenn alles in Ordnung ist, wird das Gefühl bei ihr vergehen. Aber für jetzt – —«

Ich brach ab, als Abraham ankam und die Artikel mitbrachte, die ich ihm zum Besorgen gegeben hatte.

„Wer macht das am Steuerrad?", fragte ich den Bootsmann beiläufig. „Es ist Mittag, und der Mann dort steht seit zehn Uhr am Steuer."

„Es gehört Jacob, Sir. Ich nehme an, er wartet darauf, fertig zu essen."

„Nein, nein", sagte ich, „das ist keine richtige Schiffsdisziplin. Fairness muss an Bord sein", und mit einer gewissen Wärme in meinem Benehmen ging ich zur Reling und brüllte Jacob an, nach achtern zu kommen. Der Mann erschien prompt, und kaum hatte er die Speichen des Steuerrads gepackt, floh der rothaarige Kerl, der das Steuerrad gelenkt hatte, über die Decks, um sein Abendessen zu holen, flink wie ein Hase vor Hunger. Abraham lehnte sich mit Bleistift und Papier in der Hand auf die Kajütendecke und tat so, als sei er in Berechnungen vertieft. Nakier und ich standen da und sahen Helga zu, die auf einer Seite des Oberlichts saß, dessen Deckel, geschlossen und flach, ihr einen Tisch bot, auf dem der Chronometer, die Bände, die Karten und die anderen Geräte standen, die sie brauchte. Sie wusste genau, was zu tun war, und arbeitete ihre Probleme mit einem geschäftigen Gesicht und dem Blau ihrer Augen, das durch den Schatten ihrer Wimpern violett wurde. So tief besorgt und elend ängstlich ich auch war, am Vorabend eines Projekts, dessen Scheitern zwangsläufig eine unmenschliche Abschlachtung von uns dreien durch die dunkelhäutigen Kreaturen bedeutet hätte, die wir verraten wollten, konnte ich dennoch den wunderbaren Heldenmut dieses Mädchens bewundern. Sie sollte aktiv an unserem Unternehmen teilnehmen, und wenn es scheiterte, könnte ihr Schicksal noch schrecklicher sein als unseres; doch wäre ihr Gesicht aus Marmor gemeißelt und hätte eine unvergleichliche Nachahmung des Gesichtsausdrucks eines Mädchens ergeben, das sich nur auf ein bisschen Rechnen konzentriert, so hätte seine Leidenschaftslosigkeit, seine wunderbare Freiheit von jedem Ausdruck der Erregung nicht vollkommener sein können.

Als sie mit ihren Berechnungen fertig war, öffnete sie die Karte mit Kapitän Buntings sogenannten „Einzeichnungen" und zeichnete mit Lineal und Bleistift die Linie bis zur Position des Schiffes zur Mittagszeit nach.

„Das ist der Stand der Dinge im Augenblick", rief sie aus und zeigte auf die Karte.

Nakier spähte mit einem Ausdruck des Erstaunens und Entzückens hinein.

„Was machen Sie daraus, Miss?", rief Abraham.

Sie hat ihm den Spielraum gelassen — was es war, ist mir völlig entgangen.

„Genau", rief er und zerriss sein Stück Papier.

„Bringen Sie diese Sachen nach unten, Abraham", sagte ich, „und dann essen Sie zu Abend. Wenn Sie fertig sind, kommen Sie nach achtern und übernehmen Sie für eine halbe Stunde das Kommando über die Barke. Miss Nielsen möchte in ihre Kabine, und ich bin kein Seemann, der mit diesem Schiff allein gelassen werden kann."

„Schicken Sie Punmeamootty mit etwas zu essen für uns her, wenn es Ihnen recht ist, Nakier."

Er verbeugte sich leise und verließ uns mit glänzenden Augen und einem sehr zufriedenen Gesicht. Bald darauf kam der Steward mit etwas kaltem gesalzenem Rindfleisch, Keksen und einer Flasche Wein auf uns zu. Er breitete ein Tuch über dem Oberlicht aus und holte dann ein paar Stühle aus der Kabine. Während er dies tat, schlüpfte ich in die Koje des Maat, nahm eine Weltkarte aus der Tasche und kam damit zurück. Ich öffnete sie und tat so, als würde ich sie mit ängstlicher Aufmerksamkeit untersuchen, sprach mit Helga in murrender, zweifelnder Stimme und schüttelte dabei den Kopf, während Punmeamootty daneben stand und wartete, um zu erfahren, ob wir weitere Befehle hätten. Ich sagte ihm, wir würden nichts weiter benötigen, rollte dann die Karte zusammen und tat so, als würde ich das Mahl vor uns angreifen. Aber was das *Essen angeht* ! – nicht einmal für den zehnfachen Wert dieses *Lichts der Welt* und seiner Ladung hätte ich einen Bissen hinunterschlucken können. Helga kaute auf einem Keks herum und trank ein wenig Wein, während sie mich gelassen ansah und oft lächelte, wenn mein Blick zu ihr fiel.

„Was für ein Herz in dir schlägt!", rief ich leise, denn es war unmöglich zu wissen, dass nicht irgendein zappelnder, flinker, farbiger Hauttyp in die Kabine geschlüpft war und reglos dicht unter uns hing, mit dem Ohr am Oberlicht. „Aber es ist noch nicht zu spät, es sich anders zu überlegen. Ich komme ohne dich aus."

„Nicht so gut wie bei mir."

„Aber wenn wir scheitern –"

„Wir werden nicht scheitern."

„Wenn uns etwas misslingt", fuhr ich fort, „dann werden sie dich vielleicht verschonen, da du offensichtlich nicht in die Verschwörung verwickelt bist. Und sie werden dich umso lieber verschonen und dich auch gut behandeln, denn ohne dich an ihrer Seite sind sie hilflos."

„Psst!", flüsterte sie. „Die List wird durch meine Anwesenheit sicherer. Und wo liegt die Gefahr? Es kann keine geben, wenn wir so vorgehen, wie wir es vereinbart haben."

„Wann, rechnen Sie damit, mit dieser Arbeit hier anzufangen, Mr. Tregarthen?", rief Jacob vom Steuerrad aus.

Ich schüttelte meine Faust, um ihm zu bedeuten, den Mund zu halten. Ich wartete ein paar Minuten und tat dabei so, als wäre ich mit Messer und Gabel beschäftigt. Der gelbgesichtige Koch stand in der Tür der Kombüse und rauchte. Hinter ihm unterhielten sich zwei Männer dicht an der Luke zum Vorschiff. Die übrigen Seeleute saßen unten beim Abendessen. Ich öffnete nun die Karte. Helga kam zu mir und wir begannen beide, mit unseren Händen über die Karte zu zeigen und zu gestikulieren, als würden wir ein Problem hitzig besprechen. Ich erhob meine Stimme und schüttelte meinen Kopf und rief: „Nein, nein! Jeder Seemann wird Ihnen sagen, dass die vorherrschenden Stürme vor Agulhas aus Ost kommen." Und so fuhr ich fort und gab bedeutungslose Sätze von mir, immer sehr laut und mit viel

Gestikulation, während Helga eine ähnliche Rolle spielte. Die drei Männer vorn beobachteten uns unverwandt.

In diesem Moment erhob sich Abraham aus der Luke des Vorschiffs und näherte sich in schlenderndem, schaukelndem Gang dem Achterdeck, wobei er sich nachlässig die Pfeife stopfte und dabei den typischen Hafenarbeiterblick von einer Seite zur anderen über das Meer warf. Ein paar Kerle folgten ihm aus der Luke, gingen, wie ich annahm, in die Kombüse, um sich Feuer zu machen, und kamen rauchend wieder heraus. Helga und ich taten immer noch so, als würden wir streiten. Dann gesellte sich Abraham zu uns, und nachdem er ein oder zwei Minuten zugehört hatte, erhob er seine Stimme, die ebenfalls einen streitlustigen Unterton in sich trug.

„Komm, Helga“, flüsterte ich, „dieser Blödsinn hat lange genug gedauert. Nun kommt es, und möge Gott uns beschützen! Abraham, steh zur Seite, mein Junge! Schau nach vorn!“

Ich hatte in meinem Leben schon ein paar gefährliche Situationen erlebt und wusste, was es bedeutete, den Tod stundenlang an meiner Seite zu haben. Aber dann war ich in Rage, es galt, ein Menschenleben zu retten, und abgesehen davon hatte ich kaum Zeit zum Nachdenken. Jetzt war es anders, und ich gestehe, dass mein Herz sich kalt wie Stein anfühlte, als ich mit Helga zum Vorschiff ging. Ich betete, dass meine Wangen meine innere Unruhe nicht verrieten. Ich hatte keine große Angst um das Mädchen. Selbst wenn wir scheitern sollten, glaubte ich, dass ihr Leben gerettet werden würde, so schrecklich die Bedingungen ihrer Rettung auch für sie sein *mochten* . Bei mir war es anders. Wenn die Männer nur einen Verdacht über meine Absicht hegten, wusste ich, dass ich innerhalb eines oder zweier Pulsschläge eine Leiche sein würde, durchbohrt von jedem Messer im Vorschiff dieses Schiffes.

Als ich mich der Luke näherte, die zu den Mannschaftsquartieren führte, kam Nakier heraus. Ich nehme an, die Kerle, die uns beobachtet hatten, riefen ihm zu, und er kam herauf, um herauszufinden, worum es bei der Diskussion auf dem Achterdeck ging. Er sah erstaunt aus über unsere Anwesenheit in diesem vorderen Teil des Schiffes, und in seinen Augen lag eine Mischung aus Verwirrung und List, als er uns musterte.

„Ich kann nicht davon überzeugt werden, dass Mossel Bay für dieses Schiff ein sicheres und einfach zu erreichendes Ziel ist.“

„Es war erledigt, Sir“, rief er schnell aus.

„An der südafrikanischen Küste gibt es besser erreichbare Häfen. Was denkt Ihre Crew darüber?“

„Sie sind alle meine Schwingen, Sir.“

„Die Angelegenheit wurde in ihrer Gegenwart nicht besprochen. Warum möchten Sie uns um Agulhas herumführen? Wissen Sie außerdem nicht, dass sich in Simons Bay Kriegsschiffe befinden und dass die Möglichkeit besteht, dass wir vor der Küste, die Sie umsegeln möchten, auf einen Kreuzer Ihrer Majestät treffen?“

Mittlerweile hatten sich die wenigen Männer an Deck um uns geschart und hörten gespannt mit gestreckten Hälsen zu. Ihre Augen, die wie Tintenkleckse auf Ovalen aus gelbem Satin, aber vom Feuer berührt, wirkten, ruhten unverwandt auf mir.

„Ich stimme mit Mr. Tregarthen nicht überein, Nakier“, sagte Helga. „Ich glaube, wir haben bei unserer Umsegelung des Kaps nichts zu befürchten. Er spricht von der schweren See des Südpolarmeers und von starken Ostwinden. Das stimmt nicht.“

„Nein, nein“, rief er mit einer leidenschaftlichen Kopfbewegung. „Zu dieser Jahreszeit kein Ostwind. Alles schöne Segelfahrt, schöne, ruhige See, immer noch genau wie jetzt.“

„Nun, hören Sie mal“, sagte ich mit einem gebieterischen Unterton in meiner Rede. „Ich habe das Recht, eine Meinung zu dieser Angelegenheit zu äußern, und ich behaupte, es ist lächerlich, nach Mossel Bay zu segeln, wenn Sie für Ihren Spaziergang nach Kapstadt auf dieser Seite der stürmischen Landzunge von Agulhas an Land gehen können.“

Die Augen des Kerls funkelten vor Ärger und Schalk, als er mich ansah.

„Abraham und sein Maat sind beide meiner Meinung“, fuhr ich fort. „Die Dame dagegen hat keine Einwände gegen Mossel Bay. So, jetzt sind wir also noch unentschlossen. Können Sie mir folgen?“ Er nickte mit dem Kopf zur Seite, als wollte er sagen: „Weiter!“ „Wir vier werden uns jedoch darauf einigen. Die Karte bietet Ihnen einen Blick auf Südafrika. Alle Mann versammeln sich, außer den beiden Männern dort achtern, die bereit sind, sich an Ihre Entscheidung zu halten. Lassen Sie mich ihnen diese Karte zeigen und ihnen meine Ideen erklären. Wenn Sie und Ihre Männer nach meiner Anhörung immer noch darauf bestehen, dass wir dieses Schiff nach Mossel Bay bringen, dann soll es geschehen.“

„Wo können wir die Karte hinlegen?“, fragte Helga.

„Gibt es in Ihrem Vorschiff einen Tisch?“, fragte ich und warf einen Blick auf die kleine Luke, die sich ganz in der Nähe öffnete.

„Jaaa, Sir“, antwortete Nakier und blickte von Helga zur Kajüte, als könne er uns nicht verstehen.

Ich schüttelte den Kopf, als könne ich seine Gedanken lesen, und ging einen Schritt auf ihn zu. Ich flüsterte: „Nicht in der Kajüte. Du weißt, warum. Ich muss sie an meiner Seite haben, wenn wir dieses Problem fair diskutieren wollen.“

„Ich kann problemlos hinabsteigen“, sagte Helga und trat an die Luke des Vorschiffs, um nach unten zu schauen. „Ich möchte die Mannschaftsquartiere sehen, Nakier. Ich bin genauso ein Seemann wie jeder von euch und habe schon in einer Hängematte geschlafen.“

Der Blick des Mannes glühte vor Bewunderung, die ich bemerkt hatte, als sie die Navigationsprobleme löste. Wäre er der Schlaumeier seiner Rasse gewesen, was hätte er in diesem Wunsch des Mädchens und mir, das Vorschiff zu betreten, sehen können, das seinen Verdacht erregte? Die anderen armen dunkelhäutigen Narren, die mit gelbbraunen, orangefarbenen oder primelfarbenen Gesichtern danebenstanden, runzelten ihre abstoßenden Masken und grinsten erwartungsvoll wie Matrosen; denn was auch immer Jacks Hautfarbe auf See sein mag, die kleinste Aufregung, die kleinste Abweichung von der elenden Monotonie seines Lebens ist für ihn eine Freude.

„Soll ich zuerst gehen?“, sagte ich.

Helga lachte laut auf. „Ich würde mich schämen“, antwortete sie, „nicht ohne Hilfe ins Vorschiff eines Schiffes steigen zu können.“ Und mit diesen Worten setzte sie ihren kleinen Fuß auf das erste der Holzstücke, die an die Schottwand genagelt waren und als Stufen dienten, und stieg hinab. Ich folgte ihr und bat Nakier, als ich die Luke betrat, jedem Muttersohn seiner Mannschaft zu befehlen, zu erscheinen, da dies eine Frage für alle sei und ihre Entscheidung endgültig sein müsse.

Es war eine Zeit der Emotionen und Empfindungen, und die Erinnerung erinnert mich nur an wenig mehr. Ich erinnere mich, dass die Männer, die an Deck waren, auf Nakiers Ruf hin einer nach dem anderen nach unten gingen, bis das Vorschiff voller düsterer, grotesk gekleideter Gestalten war. Das Tageslicht strömte durch die längliche Luke. Die Flamme einer Slush-Lampe erfüllte das Innere mit einer Atmosphäre aus fettigem Rauch. Auf beiden Seiten befanden sich einige Kojen, und ein paar Hängematten baumelten vom Oberdeck. An der dicken Achterschottwand, die dieses Abteil vom Laderaum trennte, war ein quadratischer Tisch befestigt. Die Männer schienen keine andere Kleidung zu tragen als die, in der sie standen. Ich sah keine Seekisten, keine Taschen, nur hier und da einen Schuh, eine Mütze, einen Südwester, einen Ölzeugkittel, der an einem Nagel baumelte. Das Murmeln des Wassers, unterbrochen vom heimlich gleitenden Vorsteven, durchbrach die Stille mit einem gedämpften Zischen wie dem schnellen Atmen der Männer, die sich um Helga und mich versammelt hatten, als wir am Tisch mit der aufgeschlagenen Karte vor uns standen. Dicht neben dem Tisch stand ein Ofen, dessen Schornstein im Zickzack das Deck durchbohrte und sein Ende weit aus dem Weg ragte, dicht an der Mulde unter dem Bramvorschiff, wo sich die Ankerwinde befand.

Ich drückte meinen Zeigefinger auf die Karte, deren gebogene Ecken von Nakier einerseits und Helga andererseits festgehalten wurden, und begann, meine Ansichten, wie ich sie nennen wollte, zu erklären. Währenddessen sah ich mich um und bemerkte, dass alle Malayen und Singhalesen anwesend waren – denn die Geschöpfe hatten die Angewohnheit, wie Schatten zu kommen und zu gehen. Ich bat sie alle, mir zuzuhören, und sah ihnen ins Gesicht nach dem anderen, und ich kann sie jetzt noch sehen, wie sie sich gegenseitig auf die Schultern stützten und sich eifrig nach vorne beugten – ein seltsames, düsteres Häuflein verfärbter Gesichter mit funkelnden Augen und vielen Ausdrücken. Einige von ihnen verstanden kaum Englisch, abgesehen von den einfachen Seefahrerbegriffen, und diese blickten in ihrem Bemühen, meine Bedeutung zu verstehen, auf die Karte oder auf mich herab. An der linken Hüfte eines jeden Mannes war das unvermeidliche Messer des Matrosen festgeschnallt, das man mit einer Handbewegung erreichen konnte, und mir ging für eine Weile der Atem schwer, während ich mich dafür verfluchte, nicht dem ersten Impuls in die Tat umgesetzt zu haben, nachdem Nakier die Kappe voller blanker Klingen vor Helgas Füße gelegt hatte.

„Sehen Sie mal her!", rief ich und wandte mich an die Männer im Allgemeinen. „Schätzen Sie, wie viel Zeit und Meilen wir sparen könnten, wenn wir die St. Helena Bay oder Saldanha Bay statt Mossel Bay ansteuern. Hier ist Simon's Town, und in dieser Bucht liegen, wie Sie alle wissen, mehrere Schiffe Ihrer Majestät. Stellen Sie sich einen Kreuzer vor, der uns auffordert, ein Boot an Bord zu bringen und schickt. Was dann?"

Die wenigen Kerle, die mich verstanden, atmeten schwer und sahen Nakier an. Einer von ihnen rief mit holländischem Akzent:

„Chef! Wie weit ist es von Saldanha Bay nach Kapstadt?"

Nakier sagte etwas beinahe grimmig in seiner Muttersprache zu ihm. Der Mann antwortete in einem Dialekt, der für mein Ohr sicherlich nicht dem von Nakier ähnelte – aber das könnte an der schweinischen Schwerfälligkeit seiner Aussprache gelegen haben – und nachdem er gesprochen hatte, schob er einen seiner Kameraden beiseite, um näher an den Tisch zu kommen, und legte seinen schmutzigen Daumen auf den Teil der Karte, auf dem Simon's Bay markiert war, starrte Nakier an und nickte mit einer Heftigkeit, die eine Art Wut in ihm zu sein schien – sofort danach drehte er sich zu den anderen um und gestikulierte mit der Hand an seinem Hals, was eindeutig ein Halfter andeuten sollte.

„Nein, nein!" rief Nakier.

„Wie weit? – wie weit, Chef?", rief der andere und wandte sich an mich.

„Das kann ich nicht sagen", sagte ich, „ohne einen Zirkel. Ich habe vergessen, diese Messinstrumente mitzunehmen. Ich werde sie holen – in ein paar Minuten bin ich wieder bei euch."

Helga erschrak und sah erschrocken aus. „Sie dürfen mich hier nicht allein lassen! Ich hole die Kiste!"

„Sehr gut", sagte ich.

Sie erreichte mühelos das Deck, doch selbst als sie sich auf die Luke zubewegte, deckte ich ihren Rückzug durch lautes Reden und demonstratives Zeigen, so dass die Aufmerksamkeit aller Männer auf mich gerichtet war.

Ich hielt die Ecke der Karte fest, die Helga mit ihren Fingern festgenagelt hatte, während ich sprach. Die Karte war steif und nicht oft benutzt worden, und wenn man sie losließ, rollte sie sich zu einem Trichter zusammen. Ich bemerkte, dass mein Hinweis auf die britischen Kriegsschiffe in Simon's Bay die Fantasie einiger der Jungs beflügelt hatte, und während ich scheinbar auf Helga wartete, nutzte ich dies aus, indem ich die Männer fragte, ob sie mir sagen könnten, welche Schiffe sich auf dieser Station befanden, ob sie wüssten, wie oft und in welche Richtung sie kreuzten, und dann sagte ich:

„Angenommen, wir finden bei unserer Ankunft in Mossel Bay eine englische Fregatte oder Korvette dort? Männer, habt ihr daran gedacht? Nur weil ich unschuldig bin am Blut des Kapitäns und des Maat, die letzte Nacht ermordet wurden, möchte ich nicht bei unserer Ankunft, wo auch immer das sein mag, oder auf hoher See von einem Leutnant und einem Dutzend englischer Matrosen von einem Kriegsschiff geentert werden. Kann ich sicher sein, meine Unschuld beweisen zu können, wenn ich angeklagt werde, an diesem Verbrechen beteiligt gewesen zu sein?", rief ich, sah Nakier herausfordernd an und erhob meine Stimme. „Würden Sie vortreten und sagen, dass Sie und Ihre Männer schuldig sind und dass ich und die Dame und die beiden Engländer unschuldig sind? Das wissen Sie, dass Sie das nicht tun würden!", donnerte ich und schlug mit meiner geballten Faust heftig auf die Karte. „Warum wollen Sie dann an dieser Simon's Bay vorbeisegeln?" Ist diese Seite der Küste nicht sicherer, besteht hier weniger das Risiko, auf ein Kriegsschiff zu treffen, und liegt sie nicht viele Meilen näher an Kapstadt als Mossel Bay?'

„Wie weit her? – Wie weit her, Chef?", rief der Mann, der diese Frage bereits gestellt hatte.

„Hier!", sagte ich. „Halten Sie bitte diese Ecke der Karte fest, während ich Mr. Wise rufe, damit er mir die Kiste mit den Instrumenten bringt. Miss

Nielsen kann die Sachen nicht finden. Wise hat die Kiste weggestellt und weiß, wo sie ist."

Ich verließ den Tisch und blieb einen Moment unter der Luke stehen, um in jenem wilden, verrückten Trotzgefühl, das oft in den ängstlichsten Momenten der Gefahr die Nase rümpft, ein paar Worte an Nakier zu richten.

„Machen Sie Ihren Männern klar", rief ich, „dass, wenn wir auf ein Kriegsschiff treffen, jede Seele von ihnen damit rechnen muss, am Hals gehängt zu werden, bis sie tot ist!"

Während ich diese Worte sprach, sprang ich auf, erwischte die Lukensülle, erreichte mit einem weiteren Satz das Deck und im nächsten Augenblick wurde die Lukenrutsche von den kräftigen Händen der beiden Deal-Bootsführer mit einem lauten Knall durch ihre Rillen gezogen.

KAPITEL VII.

FEUER!

„Also, und wenn das hier nicht ein richtiger, richtiger Überredungsjob war! Schlagen Sie mich kahl, Mr. Tregarthen, wenn die Durchführung dieser Trepanation hier keine Goldmedaille wert ist, ganz zu schweigen von der Planung!", schrie Jacob.

Ich erhob mich von meinen Knien, legte die Hand auf mein Herz und atmete kurz. Die Reaktion auf die intensive geistige Anstrengung der vorangegangenen zwanzig Minuten ließ mich ohnmächtig werden, aber die frische Luft und das Gefühl der Sicherheit brachten mich schnell wieder auf die Beine. Helga stand am Steuerrad und steuerte die Barke. Ich streckte ihr meinen Arm entgegen und sie küsste mir ihre Hand. Dicht an der sicher verschlossenen Luke standen die beiden Bootsmänner, und zu ihren Füßen lag ein schwerer Belegnagel, den sie, wie ich aus den Absprachen wusste, mit ihren kräftigen Fäusten umklammert hatten, bereit für den ersten schwarzen Kopf, der mir beim Auftauchen folgen könnte.

„Ich hätte nie geglaubt, dass Sie das schaffen würden!", rief Abraham. „Ich hätte nie gedacht, dass so listige Kerle wie diese Neger so leicht hereinzulegen sind! Eine ganz schöne Schauspielleistung, Mr. Tregarthen! Keine Theatervorstellung, von der ich je gehört oder die ich je gesehen habe, kam da an!"

Unten war alles still. Ich hatte gedacht, die gefangenen Teufel würden, als die Luke zugestoßen wurde, anfangen zu schlagen und zu brüllen. Kein Laut! Ergaben sie sich mit der Resignation des Muselmanns in ihr Schicksal? Die Leiste des Lukendeckels, der sie sicherte, war ungewöhnlich dick. Beim Öffnen glitt der vorderste Deckel auf den anderen zurück, und wenn er geschlossen war, wie jetzt, wurde er durch einen starken, eisernen Scharnierriegel, der zu einer Klammer passte, in der ein Vorhängeschloss steckte, an der Süllkante festgehalten. Der hintere Deckel wurde durch eine eiserne Leiste unten gehalten, so dass der Lukendeckel, wenn er einmal gesichert war, von oben und unten in jeder Hinsicht ebenso undurchdringlich war wie das Deck selbst. Wir hatten auch keine Befürchtung, dass die eingemauerten Männer andere Fluchtwege finden könnten. Das Schott des Vorschiffs war eine massive Holzwand. Es gab tatsächlich ganz vorne eine kleine Luke, durch die man in die Vorpiek gelangen konnte, aber auch diese Vorpiek war mit stabilen Schotten versehen, und die Ladung im Laderaum stieß hart an die Trennwand. Und selbst wenn es den Männern gelingen sollte, in den Laderaum einzubrechen, würden die gesicherten Luken am Achterdeck ihnen das Deck ebenso

wirksam versperren, als lägen die Söhne jeder Mutter hilflos gefesselt auf dem
Boden des Schiffes.

„Nun", sagte ich, „dürfen die armen Kerle nicht glauben, dass wir sie
verhungern lassen wollen. Obwohl sie Mörder sind, kann man sie weiß Gott
nur bemitleiden, wenn man sieht, welches Unrecht sie ins Verbrechen
getrieben hat. Ruhe, damit ich ihre Antwort erfahre!"

Ich trat an den Schornstein des Vorschiffs heran, der, wie ich Ihnen bereits
erzählt habe, die Planken dicht neben der Öffnung unter dem Bramdeck
durchbohrte. Er war mannshoch; mein Mund befand sich auf gleicher Höhe
mit der Öffnung, und der Zickzack-Trichter diente als so hervorragendes
Sprachrohr, als wäre er nur zu diesem und keinem anderen Zweck geschaffen
worden.

„Da unten!", rief ich hindurch, und dreimal sprach ich diese Aufforderung
aus, bevor ich eine Antwort erhielt.

„Was willst du?", ertönte eine Antwort – dünn, wie ein Rohrblatt, unwirklich,
in einem Ton, der nicht zu unterscheiden war.

„Ich rufe Sie an, um Ihnen mitzuteilen, dass wir Sie mit reichlich Nahrung
und frischem Wasser versorgen werden", rief ich. „Durch diesen Kamin wird
reichlich frische Luft zu Ihnen herabwehen. Beachten Sie: Sie sind sicher
eingesperrt. Es besteht keine Möglichkeit für Sie, zu entkommen.
Gleichzeitig werden wir Sie, wenn Sie auch nur die geringste Anstrengung
unternehmen, sich zu befreien, unten zurücklassen, wo Sie verhungern und
elend vor Durst umkommen."

„Was hast du mit uns vor?", war der schwache Schrei, der auf meine Rede
folgte.

„Das ist unsere Sache", brüllte ich zurück. „Halten Sie den Mund, und Sie
werden gut behandelt!"

Ich wartete darauf, dass die Stimme erneut sprach, aber alles blieb ruhig, und
ich war sehr zufrieden, dass Nakier meine Sprache auf jeden Fall verstehen
und sie den anderen übersetzen würde.

Dieser Plan war so sorgfältig vorbereitet worden, dass wir genau wussten,
was zu tun war. Unsere erste Aufgabe war es, das Ruder der Barke zu
verlegen und die Segel in Richtung der Kanaren zu trimmen – das Land, das
uns am nächsten lag – wo wir in Santa Cruz auf jede Hilfe zählen konnten,
die wir brauchten. Wir vereinbarten kurz, dass Jacob an der Luke Wache
halten sollte. Beim ersten Geräusch von Unruhe unten sollte er uns rufen.
Es bestand kein Bedarf für eine solche Wache, aber unsere Ängste schienen
sie zumindest am Anfang notwendig zu machen, denn es war elf vor drei,

und *das konnten wir nicht vergessen* , da sie, wie wir wussten, sicher gefangen waren.

Ich ging mit Abraham nach achtern. Als ich näher kam, ließ meine tapfere kleine Helga das Steuer los und streckte ihre Hände aus. Meine Liebe zu ihr, die in meinem Herzen durch die Probleme, Sorgen, Ängste und Gefahren, die uns seit vielen Tagen schwer bedrückt hatten, verschwiegen worden war, erwachte nun in mir zu einem vollen und überwältigenden Gefühl, und ich nahm sie in die Arme, drückte sie an mich und küsste sie einmal und noch einmal. Abraham ergriff eine Speiche des Steuerrads, schwang sich davon und drehte uns mit der Bescheidenheit eines Hafenarbeiters den Rücken zu, während er unverwandt über das Heck blickte. Sie wehrte sich einen Moment, war dann aber still und versuchte, ihr errötendes Gesicht an meiner Schulter zu verbergen.

„Früher oder später musste es so weit kommen", flüsterte ich, „und in solchen Angelegenheiten ist das, was am schnellsten kommt, immer das Beste, mein Liebling. Du gehörst mir durch das Recht der armen alten *Anine* ; du gehörst mir, Helga, durch die Gebote, die mir dein Vater gegeben hat."

Ich küsste sie noch einmal, ließ sie los, und sie ging zum Geländer und hing ein paar Minuten darüber, während ich wartete und sie beobachtete.

„Nun, mein Lieber", sagte ich, „lass uns das Schiff wenden, und du sagst uns, welchen Kurs wir nach Santa Cruz steuern sollen."

Von diesem Moment an waren wir lange zu beschäftigt, um an Gefühle zu denken. Die Barke stand unter Vollsegel, und wir waren nur drei Mann, um die Rahen zu spannen. Es wehte eine sehr leichte Brise, das Meer war glatt und zart gekräuselt, der Himmel war rein azurblau und nirgendwo auch nur durch eine Wölkchenspitze getrübt. Helga, noch immer rosig im Gesicht, aber mit strahlendem Glück und Hoffnung in den Augen – und ich hätte mir kein besseres Zeichen dafür wünschen können, wie es um ihr Herz stand – holte die Karte, und nachdem sie den Kurs bestimmt hatte, übernahm sie das Steuer von Abraham, und wir drei machten uns an die Arbeit mit den Rahen. Wir sprangen in glühender Eile herum, da keinem von uns der Gedanke gefiel, die Luke auch nur ein paar Minuten unbeobachtet zu lassen. Aber nur zwei Paar Hände hätten diese Rahen nicht ohne mühsame Arbeit fertig bekommen.

Nach Kapitän Buntings Berechnung befanden wir uns am Dienstag, dem 31. Oktober, auf dem Breitengrad von Madeira, aber trotz unseres beigelegten Segelns während des stürmischen Wetters am 1. und 2. November waren wir stark nach Süden getrieben, so dass wir am Nachmittag des Freitags, des 3. November, unsere Entfernung von den Kanaren auf einige hundert Meilen berechneten: Ich kann nur so sprechen, wie mein Gedächtnis es mir erlaubt, aber ich glaube, diese Zahlen geben die Entfernung ziemlich genau wieder. Der leichte Wind, der leise aus Nordost in unserer Takelage brummte, ließ die Barke nicht um ein oder zwei Punkte auf Kurs auf die Inseln bleiben, aber das war eine Sache von geringer Bedeutung. Wir konnten nun sicher von einer Stunde auf die andere damit rechnen, irgendein Segel in Sichtweite zu bringen, und in Erwartung dessen holten wir die englische Flagge aus dem Backskiste und spannten sie mit dem Heber unten an die Fallen der Spitze, bereit zum Hissen, wenn der Moment gekommen war. Nicht, dass wir erwarteten, dass uns irgendein Handelsschiff, auf das wir treffen könnten, eine große Hilfe sein würde. Es war kaum anzunehmen, dass ein Schiffskapitän eine meuternde, mörderische Mannschaft von elf farbigen Männern auf sein Schiff aufnehmen würde. Das Höchste, was wir von einem Schiff wie unserem erwarten konnten, das auf dem Heimweg war, war die Leihgabe von ein paar Männern, die uns beim Navigieren der Barke nach Funchal halfen.

Tatsächlich wurde mir diese Notwendigkeit sehr deutlich bewusst, nachdem wir bei unserer Arbeit, die Rahen hochzuspannen, eine Pause eingelegt hatten und bleich vor Hitze, schweißnass und schwer atmend neben der Luke zum Vorschiff standen. Ich sage, mir wurde die Schlankheit unserer kleinen Mannschaft aus drei Männern und einem Mädchen – die in ihrer Jungenkleidung gewiß die flinkste von uns allen oben gewesen wäre, in ihrer Frauenkleidung jedoch keinerlei Dienste leisten konnte –, sehr bewusst, als ich meinen Blick zu den ruhigen, sich sanft übereinander wölbenden und turmartig aufragenden Segeln hinaufsah und daran dachte, wie es uns ergehen müsste, wenn schweres Wetter aufkäme, ein Sturm, dem wir vielleicht nur ein dicht gerefftes Marssegel entgegensetzen könnten, es sei denn, das ganze Gewebe aus Masten und Segeltuch würde über Bord gehen.

Ich sagte zu Abraham: „Meinen Sie nicht, dass wir ein paar dieser armen Teufel da unten trauen könnten – Punmeamootty zum Beispiel und dieser gelbbraune Kerl, Mow Lauree? Wir sind furchtbar unterbesetzt."

„Ja", antwortete er, „wir haben Personalmangel, wie Sie sagen, Sir. Aber vertrauen Sie jedem von ihnen, nach dem Streich sind sie gerettet! Herrgott noch mal! Das Erste, was diese beiden Männer tun würden, wenn wir auch nur für einen Moment den Rücken beschmutzen würden, wäre, die Luke dort anzuheben. Und dann bereithalten!"

„Soides", rief Jacob, „das hier soll ein Bergungsauftrag werden, und wie der arme alte Tommy gesagt hätte, wir wollen nicht mehr Anteile machen, als die Teilung schon darstellt."

Ich hätte mich nicht von Jacobs Gerede über Aktien beeinflussen lassen sollen, aber Abrahams Bemerkung traf den Nagel auf den Kopf. Sie überzeugte mich, und ich ließ das Thema fallen. Ich beschloss, dass uns bei auffrischendem Wind nichts anderes übrig bliebe, als die Segel so gut wie möglich zu reffen und das, was wir nicht bewältigen konnten, wegzublasen.

Als wir mit dem Trimmen der Rahen fertig waren, sagte ich Jacob, er solle eine Menge gesalzenes Rindfleisch für die Jungs unten kochen, damit sie Rationen für mehrere Tage hätten. Wir fanden einen Brecher, der im Langboot verstaut war, und füllten ihn mit frischem Wasser aus der Luke, das wir durch die Luke reichen konnten. Ich war sehr ernsthaft bei dieser Arbeit. Man konnte sich leicht vorstellen, dass es im Inneren, in dem die Männer gefangen lagen, entsetzlich heiß sein würde, da sie nur so viel Luft bekamen, wie sie mürrisch aus der trägen Brise durch den Zickzack-Schornstein sanken, und die Planken des Decks über ihren Köpfen wie die Oberseite eines Ofens waren, in dem die Sonne den ganzen Tag brannte. Und obwohl sie Schurken waren, Schurken, die sie uns zweifellos letztendlich erwiesen hätten, konnte ich den Gedanken nicht ertragen, dass sie durstig waren und auch von der Angst gequält wurden, dass wir sie dieser schrecklichsten Form des Leidens überlassen wollten.

Es wäre jedoch nicht angebracht, die für sie bestimmten Vorräte in getrennte Portionen aufzuteilen. Wir mussten die Luke auf eigene Gefahr öffnen, während wir die Lebensmittel hinunterließen; und das durfte nur einmal geschehen.

Es war nach fünf, als alles bereit war. Zweimal hatten wir ein Klopfen an der Luke gehört; aber ich vermutete, dass es Wasserbedarf bedeutete , und wagte es nicht zu beachten, bis wir bereit waren. Wir drei – Helga war am Steuer – bewaffneten uns mit einem schweren eisernen Belegnagel, und nachdem ich die Bootsleute an der Luke postiert hatte, legte ich mein Gesicht an die Öffnung des Trichters und rief die Männer durch den Trichter. Ich bekam sofort eine Antwort:

„Jaaa, jaaa, Sah! Im Namen Allahs, Wasser!“

Es war eine andere, dünne, rohrähnliche Stimme wie zuvor, und doch nicht dieselbe. Diesmal hätte es Nakier sein können, der sprach.

„Wir geben euch jetzt Wasser und Essen!“, rief ich. „Wir öffnen die Luke, aber nur ein Mann muss erscheinen, um die Sachen entgegenzunehmen. Wenn mehr als einer von euch erscheint, schließen wir die Luke sofort, und ihr bekommt kein Wasser. Versteht ihr mich?“

„Jaaas, jaaas“, antwortete die Stimme, und sie klang in meinem Ohr, als wäre sie eine halbe Meile entfernt. „Wir schwören bei Allah, dass sich nur ein Mann zeigt.“

„Lass diesen Mann Punmeamootty sein!“, brüllte ich.

Dann kehrte ich zur Luke zurück. Jacob steckte den Belegnagel in seine Manteltasche und stand achtern, bereit, auf meinen Hilferuf hin den Deckel der Luke aufzureißen, während Abraham links mit gespannter Waffe hing und auf den ersten Anflug eines Aufstiegs von unten vorbereitet war. Ich erinnere mich noch an seinen Gesichtsausdruck: Es war, als würde er bereits um sein Leben kämpfen. Ich schob das Vorhängeschloss auf, zog den Riegel heraus und schob den Deckel etwa drei oder vier Zoll zurück. Das grelle Licht auf dem Deck blendete mich, als ich nach unten spähte: Das Innere erschien mir schwarz wie die Mitternacht.

„Bist du da, Punmeamootty?", rief ich.

Ich hörte ein schwaches „Jaas", ausgesprochen in gedämpftem, verängstigtem Ton.

„Kommen Sie herauf, bis Ihre Hände zu sehen sind", rief ich, denn ich fürchtete, er könnte sein Messer gezogen haben und mich erstechen, wenn ich die Arme sinken ließe.

Seine Hände mit ausgestreckten Fingern erhoben sich durch die kleine Öffnung wie die eines Ertrinkenden aus dem Wasser, und dann konnte ich das Glitzern seiner Augen sehen, als er nach oben blickte.

„Geht es dem Rest von euch gut?"

„Allee, tritt zurück! Allee, tritt zurück!", rief er mitleiderregend.

Daraufhin öffnete ich die Luke ein wenig weiter. Abraham beugte sich darüber und hob den Belegnagel hoch. Da der Zwischenraum nun breit genug war, machte ich mich so schnell wie möglich an die Arbeit, um die Vorräte herunterzureichen. Diese bestanden aus drei oder vier Säcken Schiffszwieback und einer Anzahl großer Stücke gekochten Pökelsalzes. Aber das Wasserfass oder vielmehr der Brecher machte mir einige Schwierigkeiten. Wie groß es war, weiß ich nicht. Es war zu schwer, als dass ich es allein hätte handhaben können. Ich rief Jacob, und gemeinsam hängten wir es in ein paar Seilschlaufen, rollten es über die Süllkante und ließen es hinab. Es blockierte wirksam die Luke, während es darin hing, und Punmeamootty musste zurückweichen, um es aufzunehmen.

Nachdem dies erledigt war, warf ich ein paar Körbe hinunter, nicht ahnend, dass sie vielleicht kein Trinkgefäß im Vorschiff hatten, und schloss dann die Luke, wobei ich von unten einen lauten Schrei hörte. Doch ich wagte nicht, innezuhalten und zu fragen, was es war, und einen Moment später war der Deckel fest verriegelt. Jacob saß darauf und zog gemächlich seine Pfeife heraus, während Abraham und ich nach achtern gingen.

Etwas später, es war etwa sechs Uhr, aßen Helga und ich gerade zu Abend – ich gebe dem schwarzen Tee, den Keksen und dem Rindfleisch dieses

Gerichts den Namen, den sie auf See tragen –, und einer von uns hielt das Steuer, damit Abraham in der Kajüte etwas Schlaf bekam, als der Mann Jacob, der ein Stück des Decks nach vorn stapfte, mich plötzlich rief. Ich überließ das Steuer Helgas Händen und machte mich auf den Weg zum Bootsmann.

„Ich fürchte, die Kerle ersticken da unten", sagte er. „Sie klopfen verzweifelt gegen die Luke, und ihre Stimmen dringen durch den Kamin, als wäre ihre Sprache Rauch. Horcht! Dann werdet ihr sie hören."

Das Klopfen war deutlich zu hören. Ich ging zur Trichteröffnung und hörte ein Wehklagen.

„Was ist los?", rief ich. „Was ist los mit dir da unten?"

„Oh, gib uns Luft, Herr! Gib uns Luft!" war die Antwort. „Manche Menschen sterben, aber hier unten lebt keiner lange."

Gott weiß, wem diese schwache, kranke Stimme gehörte. Sie jagte mir einen gehörigen Schrecken ein.

„Wir müssen ihnen Luft geben, Jacob", rief ich, „sonst sind sie alle tot. Was ist zu tun?"

„Es bleibt nichts anderes übrig, als die Luke zu öffnen", antwortete er.

„Ja", rief ich, „wir können einen kleinen Teil der Luke freilegen – genug, um das Vorschiff ungehindert zu lüften. Aber wie soll man es einrichten, dass sie die Abdeckung nicht so weit zurückschieben, dass sie herauskommen können?"

Er dachte einen Moment nach und rief dann mit der Schnelligkeit, die zur Ausbildung eines Seefahrers gehört: „Ich habe es!"

Im nächsten Moment raste er nach achtern. Ich sah, wie er mit einer Energie, die bewies, dass er ein ehrliches und menschliches Herz hatte, in das Steuerbord-Achterboot sprang, und im Nu kam er mit ein paar Bootstragen nach vorn – das sind Holzstücke, die auf dem Boden eines Bootes platziert werden, damit der Ruderer seine Beine dagegen stemmen kann.

„Die werden passen, das gebe ich zu", rief er, „und man spart eine halbe Stunde Sägen, Schneiden und Hobeln."

Er legte sie parallel auf den hinteren Deckel, und ihre vordersten Enden ließen den beweglichen Deckel so weit öffnen, dass viel Platz für Luft blieb, durch den sich aber selbst die schlankste menschliche Gestalt nicht hätte zwängen können. Wir banden diese Tragen so zusammen, dass sie sich nicht verschieben konnten, und dann probierte ich die Schiebeabdeckung und fand sie so fest, als wäre sie vollständig geschlossen und mit einem Vorhängeschloss gesichert.

„Wie geht es dir jetzt?", rief ich durch diese Pause.

Die Antwort kam in Form eines beinahe chorartigen Gemurmels, das mir verriet, dass sich alle armen Wesen unter der Luke versammelt hatten, um zu atmen. Ich wollte mich vergewissern, dass noch genug Luft für sie da war, und rief erneut: „Wie steht es jetzt mit euch, Männer?"

Diesmal konnte ich Nakiers melodische Stimme deutlich erkennen: „Jetzt ist alles in Ordnung. Oh, wie süß ist das denn! Warum willst du uns hier behalten?"

Er wollte weitermachen, aber ich unterbrach ihn; die Befreiung dieser elenden Kreaturen war nicht für einen Augenblick in Erwägung zu ziehen, und es konnte mir nur bis ins Mark weh tun, ohne meine Entschlossenheit zu erschüttern, wenn ich ihren Protesten und Bitten zuhörte, während sie direkt unter der Luke in diesem kleinen, schwarzen, beklemmenden Loch eines Vorschiffs standen.

Danach blieb alles ruhig unter ihnen. Ich war froh, dass sie nichts mehr zu leiden hatten; aber obwohl ich wusste, dass die Luke so sicher war, als ob sie fest verschlossen und der Scharnierriegel verriegelt war, war es unmöglich, kein Unbehagen zu verspüren bei dem Gedanken, dass sie auch nur ein kleines Stück offen stand. Von all den Nächten, die Helga und ich bisher verbracht hatten, war diese am Freitag, dem 3. November, die angstvollste und schrecklichste. Der Wind war sehr schwach; die Dunkelheit war reich mit Sternen beladen, es gab auch viel Feuer im Meer, und der Mond, der sich seiner Hälfte näherte, ritt in strahlendem Glanz über die dunkle Wasserwelt, die ihr Licht in einem Keil aus kräuselndem Silber widerspiegelte, der hundert Meilen tief zu sein schien. Wir wagten es nicht, die Luke eine Minute unbewacht zu lassen, und unsere kleine Vierergruppe teilten wir in Wachen auf, und zwar so: ein Mann bewachte die Malayen, zwei ruhten sich aus, der vierte stand am Steuer. Aber weder für mich gab es Ruhe, noch konnte Helga schlafen, und die meiste Zeit der Nacht blieben wir zusammen an Deck.

Doch gab es Zeiten, in denen die Angst einem ruhigen, reinen Glücksgefühl wich, wenn ich die Hand meiner kleinen Liebsten unter dem Arm hatte und im klaren Mondlicht ihr Gesicht betrachtete und an sie als die meine dachte, als meine erste Liebe, die, wie ich hoffen durfte, bald meine Frau sein würde – ein Geschenk der Süße und Sanftheit und des Heldentums, wie es mir durchaus erscheinen mochte, vom alten Ocean selbst. Dass sie mich innig liebte, glaubte ich wirklich und wusste es auch. Es könnte sein, dass die Erinnerung an die Worte ihres Vaters an mich ihre Zuneigung gelenkt und nun geweiht hatte. Sie liebte mich auch als jemanden, der sein Leben riskiert hatte, um ihres zu retten, der bei diesem Versuch schwer gelitten hatte – als jemanden, den Trauer, Kummer, Entbehrung, kurz gesagt, alles, was wir ertragen hatten, ihr als Freund nahe gebracht hatten, und, wie es sein könnte, jetzt, da ihr Vater gestorben war und sie ein mittelloses Mädchen war, als ihren einzigen Freund. Alles war seit dem 21. Oktober geschehen: es war jetzt der 3. November. Etwas weniger als vierzehn Tage hatten ausgereicht, um diesen wilden, abenteuerlichen, tragischen und doch süßen Abschnitt unseres Lebens zu überstehen. Aber wie viel kann in vierzehn Tagen geschehen! Im Geiste gesäte Samen haben Zeit, in kürzerer Zeit zu sprießen, zu knospen und zu blühen – ja, und oft auch zu verwelken. Lebte meine liebe Mutter noch? Oh! Ich konnte nur hoffen, dass sie, wenn Captain Buntings Nachricht über mich jemals überbracht worden wäre, vorher wüsste, dass ich in Sicherheit oder zumindest am Leben war. Was würde sie von Helga denken? Was von mir, wenn ich mit einem Liebsten zurückkäme und mich nach einer Heirat sehne? – mit einem jungen Mädchen zurückkäme, von dem ich ihr nicht mehr sagen konnte als dies: dass sie tapfer und gut und sanft war; eine heldenhafte Tochter; alles, was in der Kindheit schön und schön war, traf sich in ihrem dänischen und englischen Blut.

Der Morgen brach an. Die ganze Nacht hindurch war es im Vorschiff still gewesen; doch das Tageslicht zeigte, wie sich die extreme Wachsamkeit dieser langen Stunden auf mein Gesicht ausgewirkt hatte, was ich an keinem anderen Spiegel erkennen konnte als an Helgas Augen, deren Blick voller Sorge war, als wir uns im sich ausbreitenden Licht der Morgendämmerung ansahen. Direkt neben uns an Steuerbord war der schwache Schimmer einer Schiffsplane zu sehen, und das war alles, was man am gesamten Horizont sehen konnte.

Nachdem wir gefrühstückt hatten, gingen wir drei nach vorn und nahmen den leeren Brecher von den Jungs unten entgegen. Wir schafften es, die Tragen so zu entfernen, dass wir bereit waren, den ersten von ihnen niederzuschlagen, falls ein Angriff versucht werden sollte, und die Luke sofort zu schließen. Der Brecher kam leer in unsere Hände. Wir füllten und ließen ihn wie am Vorabend herunter und ließen dann die Luke ein wenig offen wie zuvor. Und nun war unsere Arbeit für den Tag, was die Versorgung der Jungs betraf, beendet, da sie genug Rindfleisch und Kekse hatten, um mehrere Tage lang davon zu leben. Sie beschwerten sich nicht über die Hitze oder den Mangel an Luft. Aber nachdem wir das kleine Fass heruntergelassen hatten und die Tragen befestigten, riefen einige von ihnen laut, was wir mit ihnen vorhätten. Ich hörte Nakier schwören, dass sie ehrlich sein würden, wenn wir sie freiließen, dass sie beim Koran geschworen hätten und in die Hölle kommen würden, wenn sie uns betrügen. Aber wir machten weiter damit, die Luke zu sichern, ohne dass uns jemand etwas sagte. Dann gingen Jacob und ich nach achtern und ließen Abraham zurück, um zuzusehen.

Die Sonne stand an diesem Nachmittag etwa zweieinhalb Stunden hoch über der westlichen Meereslinie, als die leichte Luft, die den ganzen Tag kaum mehr als ein kriechender Wind gewesen war, zu einer angenehmen Brise wurde, die stark genug war, um die breitbäuchige Barke leicht zu neigen. Dieser angenehme warme Wind war eine Erfrischung für alle Sinne: Er strömte kühl auf unsere erhitzten Gesichter; er erzeugte ein bachartiges Murmeln, ein Geräusch wie von einem seichten, rauschenden Bach zu beiden Seiten des Schiffes; und vor allem beruhigte er uns mit einem Gefühl und einer Realität der Bewegung, denn in seiner Richtung durchbrach die Barke tapfer die glatten Gewässer, und ihr Kielwasser, poliert und schillernd wie Öl, zog sich achtern bis auf eine Länge von zwei oder drei Kabeln zurück. Ein paar wollweiße Wolken schwebten über das langsam dunkler werdende Blau wie Dampfwolken aus dem Schornstein einer neu gestarteten Lokomotive; aber sie hatten nicht das Aussehen der Passatwolken, sagte Helga. Sie hatte mittags die Sichtung aufgenommen, die Kursberechnungen des Schiffes berechnet und mir klar gemacht, dass es nicht sehr viele Segelstunden dauern würde, bis wir das Hochland von Teneriffa über den Bug in Sichtweite heben könnten, wenn nur genügend Wind vorhanden wäre, um dem alten Eimer, der unter uns schwamm, Vorwärtskommen zu verleihen.

Ich hielt zu der Stunde, von der ich spreche, das Steuer, und Helga stand neben mir, lehnte an der Reling und ließ beim Reden ihre sanften, blauen Blicke über das Meer schweifen. Abraham, mit einer Pfeife im Mund, verschränkten Armen und gesenktem Kopf, marschierte langsam neben der Luke zum Vorschiff auf und ab. Jacob lag fest schlafend auf einem Schrank in der Kajüte, so dass man von der Niedergangstreppe oder durch das Oberlicht leicht einen Ruf hören konnte.

Plötzlich wurde meine Aufmerksamkeit von Helgas Worten abgelenkt und ich starrte auf den Großmast, der auf See ein „heller" Mast war, das heißt, unbemalt, so dass sich die langsam rotierende Sonne darin spiegelte und die westliche Pracht in einem rosafarbenen Glanz auf der Holzoberfläche lag. Dieser Mast schien sich zusammen mit einem Teil der vielleicht fünf bis sechs Meter hohen Spiere langsam zu drehen, als wäre er Teil eines riesigen Korkenziehers, der sich leise aus der Tiefe des Laderaums drehte. Zuerst glaubte ich, es könnte die Hitze der Atmosphäre sein. Als Helga bemerkte, dass ich starrte, schaute sie ebenfalls hin und rief sofort:

„Das Schiff brennt!"

„Aber ja!", rief ich aus. „Der bläuliche Dunst ist Rauch!"

Ich hatte diese Worte kaum ausgesprochen, als Abraham, das Gesicht in unsere Richtung gewandt, abrupt stehen blieb, spähte und dann brüllte:

„Mr. Tregarthen, aus der Hauptluke steigt Rauch auf!"

„Nimm dieses Steuer!", sagte ich zu Helga. Dann sprang ich zum Oberlicht und brüllte aus voller Kehle, dass Jacob an Deck kommen solle. Als ich nach vorn rannte, sah ich, wie Rauch in bläulichen Kränzen und Wirbeln um die Seiten der Hauptluke und unter dem Mastmantel am Fuß des Großmastes aufstieg.

„Sie schreien im Vorschiff wie die Teufel, Sir", rief Abraham und warf in seiner Aufregung seine Pfeife über Bord.

„Sie haben das Schiff in Brand gesteckt!", rief ich. „Steigt Rauch aus dem Vorschiff?"

„Ja! Jetzt könnt ihr es sehen! Jetzt könnt ihr es sehen!", brüllte er.

In der darauf folgenden ein oder zwei Sekunden langen Pause hörte ich die halb gedämpften Rufe der dunkelhäutigen Mannschaft, mit ein oder zwei deutlicheren Stimmen, als ob ein paar der Kerle ihre Münder fest gegen die schmale Öffnung in der Luke gedrückt hätten. Ich eilte von der Seite des Großmasts, wo ich zum Stehen gekommen war, nach vorn.

„Was ist los?", rief ich. „Woher kommt dieser Rauch?"

Eine Stimme antwortete – es war Nakiers –, aber seine dunkle Haut verschmolz mit der Düsternis, aus der er sprach, und ich konnte ihn nicht sehen.

„Ein Mann hat die Buglampe in die Vorpiek mitgenommen und versehentlich die Ladung in Brand gesetzt, indem er die Lampe durch ein Loch in der Schottwand gesteckt hat. Um Gottes Willen, lasst uns raus, sonst verbrennen wir!"

„Ist das ein Trick?", rief ich Abraham zu.

„Testen Sie es, Sir! – testen Sie es, indem Sie die Hauptluke öffnen!", rief er.

Jacob hatte sich inzwischen zu uns gesellt. In wenigen Augenblicken hatten wir die Latten entfernt und die Plane abgerissen, aber als wir die hintere Lukenabdeckung zum ersten Mal hoben, stießen wir eine Menge Rauch aus, und es folgte so viel mehr, dass jeder von uns zurückwich, um Luft zu holen. Jetzt war deutlich ein kreischendes Geräusch vorn zu hören.

„Mein Gott! Männer, was sollen wir tun?", rief ich, fast gelähmt von dieser plötzlichen Konfrontation mit der schlimmsten Gefahr, die der Menschheit auf See drohen kann. In unserem Fall wurde sie in meinen Augen noch unbeschreiblich schrecklicher durch die Existenz der eingesperrten Elenden, die wir, wie ich selbst in diesem Moment lähmender Bestürzung spürte, nicht zu befreien wagten, solange wir noch an Bord waren.

„Was ist zu tun?", rief Jacob, dessen Verstand weniger geistreich zu sein schien als der von Abraham. „Stellen Sie sich die Frage. Das Schiff brennt, und wir müssen gehen, wenn wir nicht verbrennen wollen."

„Was? Die Malayen dem Untergang überlassen?", rief ich aus.

„Lasst uns jedenfalls zuerst diesen Rauch ersticken", rief Abraham, und er und sein Kumpel öffneten die Luke.

„Helga", rief ich, „lass das Steuer fallen! Komm zu uns! Das Schiff brennt!"

Sie kam am Heck entlanggerannt.

„Seht euch das an!", rief Abraham und streckte seine Arme aus, die vor Eile und Aufregung zitterten. „Wenn die Kerle da vorne nicht verbrannt werden sollen – und oh mein Gott! Hört, wie sie so laut singen! –, müssen wir ein Achterboot besorgen und wegkommen, und bevor wir ablegen, muss einer von uns die Tragen herunterziehen, damit die Männer aussteigen können. Wer soll der letzte Mann sein? *Ich* werde es tun!"

„Nein, du kannst nicht schwimmen, Abey! Das muss mein Job sein", rief Jacob.

„Ich kann mich an einer Boje festhalten und über Bord springen."

„Das wird ein toller Job, das kann ich dir sagen!", rief Jacob leidenschaftlich.

„Oh, hör dir diese armen Geschöpfe an!", rief Helga.

„Schnell!", rief ich. „Abraham hat uns gesagt, was wir tun sollen. Diese schreckliche Eile wäre nicht nötig gewesen, wenn nicht diese gefangenen Männer da wären! Hört sie! Hört sie!"

Es war ein wilder und schrecklicher Chor der Klage, vermischt mit Klagelauten, wie sie in der Stille nach einer Schlacht aufsteigen könnten. Der Lärm war kaum menschlich. Er schien von ausgehungerten oder verwundeten Schakalen und Hyänen zu kommen. Aber sie zu befreien – jeder Mann bewaffnet mit einem Messer, das tödlich war wie ein Messer in diesen schmutzigen Fäusten – jeder Mann wütend – das war nicht einmal im Traum möglich!

So schnell wir unsere Arme und Beine bewegen konnten, beschafften wir uns Proviant für das Steuerbord-Achterboot. Wir hatten Proviant zur Hand und warfen ihn in großen Mengen hinein – Reste von gekochtem Fleisch, Kekse, Käse und dergleichen. Wir nahmen von jedem Boot den dazugehörigen Brecher, füllten beide mit Wasser und verstauten sie. Das zum Boot gehörende Segel lag in einer gelben wasserdichten Hülle am Mast entlang. Es waren Ruder darin – und auch alle anderen Möbel, die eigentlich dazu gehörten – Dollen, Ruder, Joch. Und die Bootsleute, erfahrene Hände in solchen Arbeiten, sorgten flink, aber sorgfältig dafür, dass der Stöpsel an seinem Platz war.

Während wir arbeiteten, drang aus der Luke des Vorschiffs ein schrecklicher Lärm von Wehklagen, Schreien und Flehen. Dieser Lärm trieb uns zu glühender Eile an, und wir schufteten, als wären wir acht statt vier.

„Nun, Mr. Tregarthen", rief Abraham, „wenn wir nicht von diesen Wilden verfolgt werden wollen, wenn wir sie befreien, müssen wir ihnen den Weg abschneiden." Und er zeigte auf die Takelage, an der das andere Boot an den Backbord-Davits hing.

„Tu das!", sagte ich.

diesem Boot zu verfolgen, endgültig vorbei .

„Sie werden noch genug Zeit haben, das Langboot rauszuholen", rief Abraham und rannte über das Deck zu uns. „Sie sind Seeleute, und Nakier ist da, um ihnen zu sagen, was sie tun sollen."

„Verdammt, sie haben das Schiff angezündet!", rief Jacob. „Ich glaube nicht, dass es *brennt* . Sie haben Rauch erzeugt, um uns Angst zu machen!"

„Ist alles bereit?", rief ich.

„Hugh!", rief Helga und faltete die Hände. „Ich habe mein kleines Päckchen vergessen – das Bild und die Bibel!"

Sie wollte sie gerade holen.

„Ich bin schneller als du", rief ich, rannte zur Luke, sprang hinunter, erreichte die Kabine, in der sie zu Kapitän Buntings Zeiten gewohnt hatte, und schnappte mir das kleine Päckchen, das in der Koje lag. Hier unten war kein Rauch. Ich schnüffelte scharf, konnte aber nicht den geringsten Brandgeruch wahrnehmen. „Es ist der vordere Teil des Schiffes, der brennt", dachte ich. Während ich rannte, um zur Luke zurückzukehren, fiel mir irgendwie ein, dass ich am Vortag, als ich in der Koje des ersten Offiziers nach einem Bleistift suchte, einen kleinen Beutel mit Sovereigns und Schilling gefunden hatte, die Ersparnisse des unglücklichen Mannes – vielleicht alles, was er auf der Welt besaß – die edlen Früchte weiß Gott wie vieler Jahre harten Leidens und bitterer Arbeit! Ich hatte keinen halben Penny in der Tasche und ging in die Kabine, um das Geld zu holen. Ich hoffte, es einem der nächsten Verwandten des armen Kerls zurückzahlen zu können, sollte ich jemals von einer solchen Person hören. Außerdem würde es mir in meiner Tasche nützlicher sein als auf dem Meeresgrund, wohin es jetzt trieb. Nachdem ich das Geld gesichert hatte, das Helga und mir sehr nützlich sein würde, sollten wir noch einen Hafen erreichen, eilte ich zum Achterdeck, zutiefst betrübt vom dumpfen Geräusch des unaufhörlichen Schreiens des Vorschiffs.

„Und jetzt", sagte ich, „lasst uns im Namen der Gnade hinabsinken, und sei es nur, um diese Elenden zu befreien, von denen die Hälfte bereits erstickt sein dürfte."

Helga und ich stiegen ins Boot, und Abraham und sein Maat lockerten geschickt die Taljen. In wenigen Augenblicken waren wir auf dem Wasser, die Blöcke waren gelöst – denn damals musste ich nicht mehr viel über die Handhabung und Führung eines Bootes lernen – und ich stand im Bug und hielt mich am Ende der Fangleine fest, die ich durch eine Besansegelplatte geführt hatte. Abraham ließ sich an einer der Taljen herunter, ließ sich ins Boot fallen und machte sich sofort daran, den Mast zu stellen und das Segel wegzuräumen.

„Da unten!", brüllte Jacob. „Pass auf diese Typen auf!", und zuerst fielen seine Stiefel herunter, dann seine Mütze, dann sein Mantel und dann seine Weste. „Ich springe von hier aus über Bord!", brüllte er. „Bleibt bereit, um mich aufzuheben!"

Das gelöste Ruder hatte die Barke in den Wind getrieben und sie lag mit einer sehr langsamen Lee-Tendenz auf dem Rücken. Die Brise ließ das Wasser kräftig kräuseln, aber die Meeresfläche war wunderbar glatt, mit einer schwachen, kaum wahrnehmbaren Dünung, die leicht durchwehte.

„Mr. Tregarthen", rief Abraham, „Sie werden ein kräftigeres Ruder ziehen als Miss Nielsen. Und wenn die Dame neben dem Maler dort steht?"

„Richtig!", rief ich, und als das Mädchen den Bug betrat, schnappten Abraham und ich uns jeder ein Ruder, um für Jakobs Sprung bereit zu sein.

Wir lagen dicht neben ihm, so dass nichts zu sehen war außer der langen schwarzen Seite des Schiffes und den überhängenden Rahs und den dicken Leinen der Wanten, die bis zu den unteren Mastspitzen reichten. Es war eine atemberaubende Zeit. Ich hatte keine Angst um Jacob; ich vermutete, dass die gefangenen Elenden durch den grellen Sonnenschein und die frische Luft und durch ihre Befreiung aus der stickigen, rauchgeschwängerten Dunkelheit des Vorschiffs zu benommen sein würden, um ihn zu fangen, selbst wenn sie ihn verfolgten, bevor er sprang. Trotzdem waren diese Momente des Wartens, der Erwartung, der Ungewissheit so gespannt, dass die Nerven bis zur Spannung der Geigensaiten gespannt waren, und die Empfindungen steigerten sich zu Qualen.

Es vergingen kaum drei Minuten, und doch kam es mir wie eine Stunde vor. Dann ertönte mit heiserem Gebrüll über unseren Köpfen ein Schrei:

„Pass jetzt auf!"

„Lass los!", kreischte Abraham.

Helga ließ die Leine fallen, die das Boot hielt.

„Zurück zum Start, sofort!"

Der Kerl stemmte das Boot los, während ich meine ganze Kraft in das Ruder legte, das ich umklammerte. Ich erhaschte einen flüchtigen Blick auf Jacob, wie er mit ausgestreckten Armen und zusammengelegten Fingerspitzen dastand und sich bückte; sein Körper sauste durch die Luft, seine Arme und sein Kopf trafen das Wasser so sauber wie ein Messer; dann erhob sich sein purpurfarbenes Gesicht in einer Entfernung von drei Bootslängen. Ein Ruderstoß brachte uns neben ihn, und während ich ihn am Hals packte, um ihm an Bord zu helfen, hisste Abraham das Segel, während Helga an den Jochleinen stand und ruhig darauf wartete, dass das Segel nach achtern gezogen wurde.

„Tapfer gemacht, Jacob!" rief ich. „Im Heck liegt eine Flasche Brandy. Trink einen Schluck! Die Sonne wird dich schnell trocknen."

„Wo sind die Malayen?", rief Abraham.

„Ich habe nicht angehalten, um nachzusehen", antwortete Jacob. „Ich habe die Tragen heruntergeworfen, ‚Ihr könnt heraufkommen' gesungen und bin dann abgehauen."

„Da ist Nakier!", rief Helga.

„Und da ist Punmeamootty!", rief ich.

Ich war erstaunt, als ich die Gestalten dieser beiden Kerle sah, die uns ruhig vom Vorschiff aus anstarrten. Fast unmittelbar nachdem sie erschienen waren, gesellten sich andere zu ihnen, und bevor unser Boot richtig Fahrt aufgenommen hatte, zählte ich sie alle elf. Sie standen in einer Gruppe, mitten unter ihnen Nakier, und musterten uns so kühl, als ob ihr Schiff vor Anker läge, alles in Ordnung wäre und wir bloß Objekte der Neugier wären.

„Was ist denn mit denen los?", rief Abraham. „Warten sie darauf, dass wir ihnen durch lautes Singen sagen, was sie tun sollen?"

Er hatte die Worte kaum ausgesprochen, als aus dem kleinen, schäbigen Haufen lautes Gelächter erschallte, begleitet von viel ironischem Händegefucht, während Nakier auf die Reling sprang, seinen Hut abzog und sich wiederholt vor uns verbeugte. Wir waren zu erstaunt, um mehr zu tun, als sie anzustarren. Eine Minute später sprang Nakier wieder auf das Vorschiff zurück und pfiff mit seiner melodischen Stimme einige Befehle, in denen selbst das aufmerksamste Ohr nichts von der Schwäche hätte hören können, die ich in seinen Rufen durch die halb geschlossene Luke bemerkt hatte. Augenblicklich verteilten sich die Männer, einer von ihnen lief zum Steuerrad; und während wir weiterhin stumm vor Erstaunen zusahen, wurde die Vormarsrah geschwungen, der Bug der Bark fiel langsam ab, die Rahen wurden dann wieder hochgespannt, und siehe da! Das kleine Schiff, mit dem Bug etwa in Südlage, brach sanft durch die Wasser, während die Achterrahen schwangen, als sie von den Rahen gegen den Nordostwind ausgerichtet wurden.

Wir brauchten nicht lange zu starren und zu gaffen, um zu erkennen, dass wir Opfer einer weitaus raffinierteren, raffinierteren und subtileren List geworden waren, als wir sie bei diesen Dunkelhäutigen angewandt hatten. Ich konnte keinen Rauch aus dem Vorschiff aufsteigen sehen. Die Kerle waren viel zu schlau gewesen, um das Risiko des Erstickens als Bedingung für ihre Flucht in Kauf zu nehmen. Abraham hatte mir versichert, dass die Schottwand, die die Vorpiek vom Hauptraum trennte, so stark war, wie eine Holzwand nur sein konnte; aber entweder war die Schottwand, die den Zugang zum Laderaum ermöglichte, beschädigt, hatte einen Riss, eine Unvollkommenheit, oder die Mannschaft hatte sie durchbrochen, indem sie mit asiatischer Geduld mit ihren scharfen Messern an der Planke herumgewerkelt hatte, nachdem sie die ganze letzte Nacht und den ganzen Tag Zeit gehabt hatte, die Arbeit darin zu verrichten.

Eine ganz kleine Sache kann eine ganz große Rauchwolke erzeugen. Das Verbrennen einer kleinen Decke könnte genügen, um den Laderaum eines viel größeren Schiffes als dieser Barke mit einem so starken Brandgeruch und so dichten Dampfwolken zu erfüllen, dass die Besatzung in Bestürzung geriet und in die Boote getrieben wurde. Solange die Jungs die Luke der Vorpiek geschlossen hielten, konnte der Rauch kaum ins Vorschiff dringen. Ich kann nur mutmaßen, wie sie es geschafft haben; aber der triumphale Beweis ihrer Klugheit lag klar vor unseren Augen, als die Barke langsam in das Morgenblau des Südens und Westens entschwand.

Als die beiden Bootsmänner sahen, was los war, dachte ich, sie wären in ihrer Wut über Bord gesprungen. Abraham warf wie üblich seine Mütze auf den Boden des Bootes und brüllte dem sich entfernenden Schiff entgegen, als wäre es ganz in der Nähe und die Männer an Bord hörten ihm aufmerksam zu. Jacob, klatschnass, mit schwarzem Haar an der Stirn und einem Gesicht, das jetzt so purpurn vor Wut war wie damals, als er halb erwürgt aus dem Wasser aufstieg, stimmte ein, und gemeinsam schrien sie.

Dann wandte sich Abraham mir zu und brüllte, er würde ihnen folgen.

„Das hier ist ein schnelles Boot", rief er. „Hier sind Ruder, um die Segel zu stützen. Glaubst du, diese bunten Scaramouches wollen mir mein Bergungsgut rauben? Soll das *alles* Pech bringen? Erst die *Airly Marn* , und jetzt", rief er und deutete wild auf die Barke, „ein Job, der drei- oder vierhundert Pfund pro Mann wert gewesen sein könnte? Und von solchen Kreaturen hereingelegt zu werden! Ihr Heulen und Wehklagen tut mir leid!

Zuzusehen, wie sie mit dem davonsegeln, was mir und Jacob und dir gehört! Na, da steckt genug Geld für eine erstklassige Hochzeit und das Leben eines Gentlemans danach in einem einzigen Teil des Bergungsguts, das uns diese Biester geraubt haben!"

Und so ging er weiter, und als er innehielt, um Luft zu holen, begann Jacob in ähnlichem Ton zu schreien.

Unterdessen hielt Helga, die mit gelassenem Gesicht am Steuer stand, das Boot in Windrichtung, und das kleine Segeltuch, das durch die Spannweite des Buges nach unten gebogen wurde, bis die Linie ihrer Bordwand nur noch eine Handbreit über dem Wasser war, surrte mit einer Geschwindigkeit dahin, die den Haufen quadratischer Segeltuche am Heck schnell zu einer spielzeugartigen weißen Fläche zusammenschrumpfen ließ. Schließlich verstummten Abraham und sein Maat; sie setzten sich und blickten mit verbissenen Gesichtern über ihre verschränkten Arme hinweg auf die kleiner werdende Barke.

Ich für meinen Teil hatte schon lange, bevor die beiden ehrlichen Kerle ihren Zorn beendet hatten, aufgehört, an die Malayen und den Streich zu denken, den sie uns gespielt hatten. Hier waren wir nun in einem kleinen offenen Boot – drei Männer und ein Mädchen – mitten auf einem weiten Meeresgebiet, mit nichts in Sicht und keinem Land näher bei uns als dem Großen Kanarienvogel, der viele Meilen entfernt lag und den der Nordostwind uns nicht auf direktem Kurs ansteuern ließ. Dies war eine Situation, die so bedeutsam und bedeutsam war, dass sie den Geist beschäftigte und keinen Raum für andere Gedanken ließ. Und doch weiß ich nicht, ob ich auch nur im Geringsten besorgt war. Dass das Vorschiff der Barke mit einer Mannschaft von Kerlen gefüllt war, deren erste Aufgabe es gewesen wäre, uns drei Männer bei ihrem Ausbruch abzuschlachten, hatte mich unerträglich belastet. Es war eine furchtbare Gefahr, eine schreckliche Verpflichtung, die nun vorüber war, und mein Herz fühlte sich vergleichsweise leicht an, so verlassen und gefährlich unsere Lage auch immer noch war. Andererseits fand ich eine Art Stütze in den Erfahrungen, die ich auf dem Floß und im Logger gemacht hatte. Der Geist ist immer schockiert, wenn man das sichere Hochdeck eines Schiffes verlässt und von der niedrigen Seite des Boots aus auf die weite, erbarmungslose Brust des alten Ozeans blickt. Ich habe gehört, dass diese Art von Übergang die tapfersten Schiffbrüchigen lähmt; denn in keiner anderen Situation scheint einem der Tod näher zu kommen, der gleichsam dicht neben einem hertreibt und die heißeste Luft der Tropen auf den Geschmack und die Qualität eines frostigen Windstoßes abkühlt; und in keiner anderen Situation findet die menschliche Hilflosigkeit eine ähnliche Betonung, so grenzenlos sind die Weiten der materialisierten Ewigkeit, auf der das winzige Gebilde ruht, und selbst die Sterne sehen nachts blass und schwach glitzernd aus, als ob der untergehende Blick ihre vertrauten und bekannten Entfernungen im Vergleich zu ihrer Höhe vom Schiffsdeck oder von der festen Erde aus maßlos gemacht hätte.

Aber, wie ich sagen will, unsere Erlebnisse auf dem Floß und dem offenen Lugger waren so frisch, dass es unmöglich war, all diese Weite und Nähe der Tiefe und die unsagbare Einsamkeit unseres winzigen Fleckchens Stoff mittendrin zu spüren, als käme man gerade aus Tagen mit befestigten Höhen und breiten weißen Decks in diese Situation. Helga übergab das Ruder an Abraham, und das Boot trieb behände über jene sommerliche Meeresfläche; Abraham steuerte mit beschämtem Gesicht; Jacob lehnte mit dem Kinn auf den Armen an der Luvbordkante und starrte mürrisch ins Leere; und Helga und ich sprachen ein Stückchen weiter vorne mit leiser Stimme über die Vergangenheit. Was für ein neues Abenteuer hatten wir da begonnen? Sollten wir am Ende doch mit dem Leben davonkommen? Der Tigerozean hatte sich in vielen Stimmungen gezeigt, seit ich mich in Reichweite seiner Klauen befand. Jetzt schlummerte er. Das dämmrige Lid der Nacht schloss sich über dem riesigen, offenen, zitternden blauen Auge. Hätten wir ihr entkommen sollen, bevor sie in Wut geriet?

Die Sonne stand nun tief über dem Horizont, und der Himmel war bis zum Zenit scharlachrot und im Osten von violetter Düsternis, wo ein oder zwei Streifen zarter Wolken die Pracht des Westens einfingen und wie in Bronze gemeißelte Stücke in diesen zarten Tiefen lagen.

„Es ist nichts in Sicht“, sagte Jacob und nahm nach langem Umsehen wieder Platz. „Wir müssen die ganze Nacht durchmachen.“

„Also, ich war schon bei schlimmerem Wetter draußen“, rief Abraham.

„Schade, dass die Brise nicht stärker nach Norden oder Süden weht“, sagte ich. „Das Boot segelt prima. Ein direkter Kurs auf Teneriffa würde uns bald einen Blick auf den Peak ermöglichen.“

„Ich gebe zu, Sie und die Dame haben inzwischen genug gesehen, um beide nach Hause gehen zu wollen“, sagte Abraham. „Gibt es je einen Seefahrer, der von einer solchen Abfolge von erdrückenden Ereignissen berichten könnte, bei denen sich alle gegenseitig auf den Fersen waren? Zuerst der Untergang der *Hayneen* [er meinte die *Anine*], dann das Floß, dann der Untergang der *Airly Marn* , dann die Verköstigung der Muselmänner mit Schweinefleisch, dann der Kapitän – wie es sich für einen Gentleman gehörte –, der sich verliebte und danach ermordet wurde; dann das Feuer dort und jetzt dieses Boot hier – und wofür das alles? Bei dem ganzen Brodeln ist kein einziger Penny dabei herausgekommen!“ Und er ließ seiner Wut freien Lauf, ließ seine Mütze wieder fallen und sprang mit einem durstigen Blick nach hinten auf die Füße; Aber glücklicherweise war die Barke inzwischen außer

Sicht, sonst hätten wir uns zweifellos noch eine halbe Stunde lang mit Wehklagen und Beschimpfungen an der Küste herumschlagen müssen.

Die Brise hielt an und das Boot glitt hindurch, als wäre es im Schlepptau eines Dampfers. Die Sonne sank, die Westwinde erlosch und über unseren Köpfen breitete sich die hohe Nacht aus schwebendem Silber aus, in der viel Meteorstaub zwischen den Himmelskörpern segelte; und im Südosten stand der Mond, in dessen Licht das Gewebe des Bootes und seine Plane aussahen, als seien sie aus Elfenbein. Wir hatten eine Ochsenaugenlampe mitgebracht und diese zündeten wir an, um mit einem kleinen Kompass, den Abraham aus der Kapitänskajüte mitgenommen hatte, die Richtung bestimmen zu können. Wir bereiteten eine so anständige Mahlzeit zu, wie es unser kleiner Vorrat an Proviant zuließ, saßen im Mondschein, aßen und redeten, dachten viel über die Ereignisse des Tages nach, besonders über die Feinheiten der Malayen, und spekulierten gelegentlich darüber, was noch vor uns lag; und immer wieder stand einer nach dem anderen von uns auf, um zu sehen, ob in der blassen, dunstigen Verschmelzung des Meeresrands mit dem Himmel, den der aufsteigende Mond mit seinem Licht überflutete, etwas zu sehen war.

Den Ablauf dieser Stunden zu schildern hieße, unsere Schritte in dieser Erzählung zurückzuverfolgen. Es war ein langweiliger Ablauf aus Dösen, Wachen und Flüstern. Manchmal fuhr ich auf, weil ich überzeugt war, dass meine Augen in der silbrigen Dunkelheit auf ein Schiffslicht geheftet waren; aber nie erwies es sich als mehr als ein Stern oder ein phosphoreszierendes Funkeln im Auge selbst, wie es oft bei einem sehr angestrengten und lange wachsamen Blick geschieht.

Irgendwann vor fünf Uhr morgens wurde ich durch einen Schrei aus einer Trance gerissen, die eher aus Müdigkeit als aus erholsamem Schlaf glich.

„Da kommt endlich etwas!", rief Abrahams heisere Stimme.

Der Mond war verschwunden, aber das Sternenlicht machte die Dunkelheit sehr klar und schön, und kaum hatte ich meine Augen nach achtern gerichtet, erspähte ich die Lichter eines Dampfers. Das Dreieck aus Rot, Grün und Weiß schien direkt in unserem Kielwasser zu liegen, und die Brise war so leicht und die Meeresoberfläche so ruhig, dass das Pulsieren der Motoren und das Plätschern des Wassers aus dem Auspuffrohr so deutlich ins Ohr drangen wie das Ticken einer Uhr, die man fest im Arm hält.

„Ziele ins Schwarze, Jacob", rief Abraham, „sonst mäht sie uns nieder."

Der Kerl sprang ins Heck und machte Licht.

„Jetzt singt alle zusammen, wenn ich drei zähle", rief Abraham wieder. „Schiff ahoi! – um es mit einem Wort auszudrücken. Nun denn! – wen, tw, *drei* !" Wir vereinten unsere Stimmen zu einem Orkanschrei von „Schiff ahoi!"

'Wieder!'

Noch einmal stießen wir den Schrei aus, der nur aus Lungen kommen konnte, die vor Angst und Selbsterhaltungstrieb stürmisch geworden waren. Sechs oder sieben Mal bejubelten wir auf diese Weise den sich nähernden Schattenklumpen, der durch sein Dreieck aus Funken gekennzeichnet war, und zwischen unseren Schreien schwenkte Jacob heftig die Bullaugenlampe.

Plötzlich verschwand das grüne Licht.

"Ha! Sie sieht uns!", rief Abraham.

Das pulsierende Geräusch verstummte, und dann, mit einer Schnelligkeit, die der atmosphärischen Illusion der Dunkelheit geschuldet war, die aber dennoch unglaublich schien bei einem Schiff, dessen Motoren abgestellt waren, formte und formte sich die große Schattenmasse innerhalb ihrer eigenen Länge um uns herum zu dem Anblick eines großen Dampfers mit Brigg-Takelung. Auf der gesamten Länge seines Rumpfes dunkel wie ein Grab, doch ein Strahl Lampenlicht berührte seine Brücke, von der ein klarer, kräftiger Ruf erklang:

„Boot ahoi! Was ist los mit dir?"

„Wir treiben hilflos und wollen, dass ihr uns aufnehmt!", brüllte Abraham. „Bleibt bereit, um uns das Ende einer Leine zu zeigen!"

Binnen fünf Minuten lag das Boot mit heruntergelassenen Segeln und ausgefahrenem Mast neben dem bewegungslosen Dampfer, und zehn Minuten später drehte er nach achtern, und wir vier waren mit den wenigen Habseligkeiten, die wir mitnehmen konnten, sicher an Bord. Die Motoren liefen auf Hochtouren, die Bugwelle brodelte, und der Kapitän des Schiffes fragte uns nach unserer Geschichte.

KAPITEL VIII.

HEIM.

Am Samstagmorgen, dem 18. November, stoppte der als Brigg getakelte Dampfer *Mosquito* , der von der Westküste Afrikas nach London unterwegs war, seine Maschinen und kam vor dem Hafen von Falmouth zum Stehen, um Helga und mich mit Hilfe eines kleinen westländischen Kutters, der inzwischen längsseits lag, in dieser Stadt an Land zu bringen.

Die englische Küste hätte schon Tage früher auf gleicher Höhe mit uns sein sollen, aber sehr kurz nachdem die *Mosquito* uns aufgenommen hatte, ging im Maschinenraum etwas schief. Unsere Überfahrt nach Madeira verlief so langsam, dass sie kaum mehr als ein stumpfes und ermüdendes Kriechen über das Wasser war. In Funchal wurden wir beträchtlich aufgehalten, während der Chefingenieur und seine Assistenten die Motoren in einen Zustand brachten, in dem sie den großen Metallrumpf zu seinem Ziel fahren konnten.

Doch nun lagen die beiden kühnen Landzungen der schönen Küste von Falmouth – die zarteste, edelste Landschaft, die ich ehrlich glaube, nicht nur in England, sondern in der ganzen großen Welt der reichen und vielfältigen Bilder – klar vor unseren Augen. Schneestreifen auf den Höhen glänzten wie jungfräuliches Silber in der klaren, strahlenden Novembersonne dieses winterlichen Kanalmorgens, und zwischen den Landzungen zeigten sich die Hügel dahinter in Massen von milchweißer Sanftheit, wolkengleich in der scharfen blauen Ferne, als ob man sie beim Zuschauen schweben sehen könnte.

Ich dankte dem Kapitän herzlich für seine Freundlichkeit, und dann, im Gangway stehend, mit meinem Liebsten an meiner Seite, fragte ich nach Abraham und Jacob, damit wir uns von ihnen verabschieden könnten. Die ehrenwerten Kerle, die mir durch die Verbindung der Gefahr, der sie tapfer begegnet waren und die sie glücklich überstanden hatten, lieb geworden waren, trafen umgehend ein. Ich zog das Geld hervor, das ich aus Mr. Jones‘ Koje mitgenommen hatte, und sagte: „Hier sind dreizehn Pfund und ein paar Schilling, Abraham, die dem armen Maat gehörten, den die Malayen getötet haben. Hier ist die Hälfte des Betrags für Sie und Jacob; mit der anderen Hälfte kommen Miss Nielsen und ich nach Tintrenale. Ich werde nachfragen, ob das arme Geschöpf Verwandte hatte, und wenn ich von ihnen höre, wird das Geld zurückgezahlt. Und jetzt werden Sie beide sich an ein Versprechen erinnern, das ich Ihnen an Bord der *Early Morn gab* . Geben Sie mir Ihre Adressen in Deal!“ – denn sie fuhren mit dem Dampfer nach den Downs.

Sie sagten mir, wo sie wohnten. Dann streckte ich ihnen die Hand entgegen.

„Gott segne euch beide!", sagte ich. „Ich werde euch nie vergessen!" Und tatsächlich hätte ich in diesem Moment nicht mehr sagen können, denn mir schnürte es die Kehle zu, als ich in ihre ehrlichen Gesichter blickte und daran dachte, wie sehr Helga und ich ihnen unser Leben verdankten.

Es war ein herzlicher Abschied zwischen uns vieren, mit vielem Händeschütteln und gegenseitigem Gottessegen. Als wir das Boot bestiegen und ablegten, stellten sich die beiden armen Kerle auf die Reling und jubelten uns immer wieder zu, mit solchen Verrenkungen und heftigen Gesten, dass ich befürchtete, sie über Bord fallen zu sehen. Aber der Dampfer setzte sich nun in Bewegung, und nach kurzer Zeit waren die beiden Gestalten nicht mehr zu unterscheiden. Ich habe sie seitdem nie wieder gesehen, doch während ich diese Worte schreibe und daran denke, ist mein Herz erfüllt. Wenn sie noch leben, hoffe ich aufrichtig, dass es ihnen gut geht und sie sich wohl fühlen. Und wenn diese Zeilen ihre Augen erreichen, werden sie wissen, dass sie der herzlichste aller herzlichsten Willkommensgrüße erwartet, wann immer sie sich in der Nähe meines kleinen Hauses in Cornwall befinden.

Der 18. war ein Samstag, und ich beschloss, den ganzen Sonntag in Falmouth zu bleiben, damit ich Zeit hätte, eine Nachricht von Mr. Trembath zu erhalten, dem ich als Erstes meine sichere Rückkehr mitteilen musste, damit er sie meiner Mutter mit aller Vorsicht überbringen konnte; denn es war nicht vorhersehbar, wie sehr ihr ein plötzlicher Freudenschock schaden könnte. So waren wir kaum an Land, als ich Mr. Trembath schrieb, und dann verließen Helga und ich das Hotel, um einige Einkäufe zu erledigen, wobei wir darauf achteten, genug Geld für unsere Reisekosten nach Hause zurückzulegen.

Am nächsten Morgen gingen wir zur Kirche, knieten Seite an Seite und dankten aus tiefstem Herzen dafür, dass wir vor den vielen dunklen und tödlichen Gefahren bewahrt worden waren, denen wir ausgesetzt waren, und dafür, dass wir bei bester Gesundheit in ein Land zurückkehren konnten, von dem wir oft gesprochen und ebenso oft befürchtet hatten, es nie wieder zu sehen.

Danach wurde es für uns ein ruhiger Feiertag: ein kurzes Verstreichen von Stunden, deren Glück nur durch die Sorge getrübt wurde, Neuigkeiten von meiner Mutter zu erfahren. Unsere Liebe füreinander war echt und tief – wie echt und tief kann ich heute besser einschätzen als damals, bevor die Zeit das Metall unserer Herzen auf die Probe gestellt hatte. Ich war stolz auf meine dänische Liebste, auf ihre heldenhafte Natur, auf ihre vielen liebenswerten Eigenschaften wie Zärtlichkeit, Güte, schlichte Frömmigkeit, auf ihre mädchenhafte Sanftheit, die sich in Stunden der Not und Gefahr zu dem Mut einer Löwin erhärten konnte, ohne, wie ich wusste, die Süße und Blüte ihrer Jungfernschaft einzubüßen. Ich fühlte auch, dass sie in einem in Bezug auf die Erfahrungen des Liebesspiels tatsächlich neuartigen Sinne mir gehörte; ich meine, auf das Recht, ihr das Leben gerettet zu haben, sie sozusagen aus der Wut des Meeres gerissen zu haben; denn wir waren uns beide sehr bewusst, dass sie umgekommen wäre, wenn ich nicht an Bord der *Anine* gewesen wäre. Sie hätte ihren sterbenden Vater nicht verlassen können, selbst wenn sie sich allein mit ihren Mädchenhänden hätte retten können, so wie wir uns gemeinsam gerettet hatten.

Aber nicht um hierauf zu verweilen oder um von unseren Spaziergängen an jenem ruhigen Sabbattag im November zu erzählen, von unserem exquisiten und leidenschaftlichen Genuss der Landschaften und Anblicke und Düfte dieses bevorzugten Stückchens Land nach unseren vielen Entbehrungen und nach der widerwärtigen Wiederholung des Ozeangürtels, der tagelang makellos war und unsere Augen vor Staunen und Erwartung schmerzen ließ: nicht um hierauf und auf vieles andere, an das sich die Erinnerung gerne erinnert, zu verweilen, brachte mir die Post am Montagmorgen einen Brief von Mr. Trembath. Meiner Mutter ging es gut – er hatte ihr gesagt, ich sei in Falmouth – ich sollte unverzüglich zu ihr kommen. Es war ein langer Brief voller Glückwünsche und Erstaunen, aber – meiner Mutter ging es gut! Sie wusste, dass ich in Falmouth war! Alles Weitere waren leere Worte zu meiner Freude, so voller Neuigkeiten der Brief auch war. Helga lachte und weinte und küsste mich, und eine Stunde später saßen wir in einem Eisenbahnwaggon auf dem Weg nach Tintrenale.

Bei unserer Ankunft machten wir uns sofort auf den Weg zum Haus von Mr. Trembath. Wir waren zu Fuß unterwegs und auf dem Weg vom Bahnhof. Als wir um die Ecke der hügeligen Straße bogen, die in die Stadt führte, eröffnete sich uns der Blick auf die weite Bucht. Wir hielten sofort an, und ich ergriff Helgas Hand, während wir dastanden und zusahen. Es war ein strahlend blauer Morgen, die Luft war frostig, von einer fast prismatischen Brillanz der Reinheit, die den glänzenden Schneeschichten auf den Hängen und Hügeln der Klippen zu verdanken war. Die Twins und der Deadlow Rock zeigten ihre schwarzen Fänge in einem wiederkehrenden Lichtblitz, als die Sonne sie traf, während sie noch nass waren von der Dünung, die in die Bucht rollte.

„Dort drüben ist die *Anine, die* herkam. Weißt du noch?“

Weiße Möwen schwirrten über dem Pier. Rechts war das Rettungsboothaus, aus dem wir in jener dunklen und verzweifelten Nacht des 21. Oktober gestartet waren. Der Wetterhahn, der den hohen Turm von St. Saviour krönte, glühte wie Feuer im Blau. Weit entfernt, am Fuße von Hurricane Point, war das wolkige Schimmern kochenden Wassers zu sehen, das Brodeln der Atlantikfalte, die sich von der riesigen Basis zurückzog. Eine halbe Meile draußen lag ein schicker kleiner Schoner auf einer Linie mit dem Pier, und als er rollte, schimmerte sein Kupfer rötlich auf der dunkelblauen

Oberfläche. Aus der Stadt drangen Geräusche des Lebens herauf: das Läuten von Glocken, das Rattern von Fahrzeugen, die Rufe des Straßenhändlers.

„Komm, mein Liebling!", sagte ich und wir gingen weiter.

Ich werde nie den erstaunten Blick vergessen, mit dem Mr. Trembath uns empfing. Wir wurden in sein Arbeitszimmer geführt – seine Dienerin war neu und kannte mich nicht; ich glaube, sie ließ uns als Gemeindemitglieder ein. „Großer Himmel! Es ist Hugh Tregarthen!", rief er und sprang aus seinem Stuhl, als hätte man ihn mit einem glühenden Eisen geschlagen. Er rang mir beide Hände und überschüttete mich mit Ausrufen. Ich konnte nicht sprechen. Er gab mir keine Gelegenheit, Helga vorzustellen. Tatsächlich schien er ihre Anwesenheit nicht zu bemerken.

„Immerhin am Leben! Eine Auferstehung, in gutem Glauben! Was für eine Nacht das war, weißt du noch? Ha! Ha!", rief er, klammerte sich an meine Hände und starrte mir mit wildester Ernsthaftigkeit ins Gesicht, während seine Augen vor Glückwünschen und Genugtuung tanzten. „Wir haben dich aufgegeben. Du solltest tot sein – daran besteht kein Zweifel! Kein junger Kerl sollte ins Leben zurückkehren, der so betrauert wurde wie du!" So plapperte er weiter.

„Aber meine Mutter – meine Mutter, Mr. Trembath! Wie geht es meiner Mutter?"

„Na, na, *ganz* gut – ich passe auf dich auf. Warum bist du nicht bei ihr, sondern bei mir? Aber mit wem spreche ich? Mit Hugh Tregarthens Geist?"

Dann richtete sich sein Blick auf Helga und sein Gesicht veränderte sich.

„Diese junge Dame ist eine Freundin von Ihnen?", und er verbeugte sich seltsam rätselhaft und neugierig vor ihr.

„Wenn Sie mir die Erlaubnis dazu geben, Mr. Trembath. Ich hatte bisher noch keine Gelegenheit dazu. Zuerst möchte ich Sie Miss Helga Nielsen vorstellen, meiner Verlobten – der jungen Dame, die bald Mrs. Hugh Tregarthen sein wird, wie Sie sie freundlicherweise genannt haben."

Er sah mich an, um zu sehen, ob ich scherzte, dann trat er auf sie zu, streckte ihr die Hand entgegen und begrüßte sie höflich. Süß sah das liebe Herz aus, als sie mit ihrer Hand in seiner dastand, lächelnd und errötend, ihre blauen Augen voller Emotionen, die sie bis zur Tränenfarbe verdunkelten und sie durch den Kontrast ihres Ausdrucks zu ihrem Lächeln noch hübscher machten.

„Da es meiner lieben Mutter gut geht", sagte ich, „hat die Verzögerung von einer Viertelstunde nichts zu bedeuten. Setzen wir uns, damit ich Ihnen kurz meine Geschichte erzählen und erklären kann, wie es dazu kommt, dass Helga und ich hier sind, anstatt direkt nach Hause zu gehen."

Er beruhigte sich und hörte mir zu, und ich begann. Ich erzählte ihm von unseren Erlebnissen seit der Stunde, als ich an Bord der *Anine gegangen* war, und bemerkte, dass er, während ich sprach, Helga unaufhörlich mit Blicken wachsenden Respekts, Zufriedenheit und Vergnügens ansah.

„Nun", sagte ich, als ich mit meiner Erzählung auf den Zeitpunkt zu sprechen gekommen war, als wir von der *Mücke aufgelesen wurden* , und ließ mich weder durch seine wiederholten Ausrufe des Erstaunens, sein häufiges Zusammenzucken und seine Fragen vom geraden Kurs meiner Erzählung abbringen, „ich möchte meine Mutter allein sehen, und wenn ich etwa eine Stunde mit ihr verbracht habe, möchte ich, dass Sie Helga zu uns nach Hause bringen."

„Ich verstehe das ganz gut", rief er aus. „Eine Reihe von Überraschungen wäre sicherlich nicht wünschenswert. Sie werden den Weg ebnen. Ich werde wissen, wie ich ihr gratulieren kann. Ich werde ihr aus dem Herzen sprechen können", sagte er und lächelte Helga an.

„Eine Frage, Mr. Trembath. Was ist mit der Besatzung meines armen Rettungsboots?"

„Drei von ihnen ertranken", antwortete er, „die übrigen kamen lebend in ihren Gürteln an Land. Es war eine ganz erstaunliche Rettung. Der Sturm drehte und blies, wie Sie sich natürlich erinnern, wie ein Orkan vom Land her; doch die Wucht der See ließ die Überlebenden am südlichen Ende der Esplanade stranden. Sie wurden alle zusammen an Land gespült – ein höchst außergewöhnliches Ereignis, als ob sie mit kurzen Leinen gesichert gewesen wären."

„Und *es* geht allen gut?"

„Alle. Die armen Bobby Tucker und Lance Hudson waren fast erschöpft, fast tot; aber da stand ein Mann von der Präventivmission dicht an der Stelle, wohin das Meer sie gespült hatte: er eilte herbei, um Hilfe zu holen; sie wurden nach Hause getragen – und was für eine Geschichte sie zu erzählen hatten! Die armen Dänen, die ins Boot gesprungen waren, waren bis auf den letzten Mann ertrunken."

Helga faltete die Hände und flüsterte einige Ausrufe auf Dänisch vor sich hin.

Ich saß noch fünf Minuten da und stand dann mit einem bedeutungsvollen Blick auf die Uhr auf, damit Mr. Trembath nicht vergessen konnte, dass meine Liebste nicht länger als eine Stunde von mir weg sein würde. Dann küsste ich sie, verließ das Haus und machte mich auf den Weg zum Haus meiner Mutter.

Es war nur ein kurzer Schritt, und doch dauerte es eine ganze Weile, bis ich die Tür erreichte. Ich glaube, ich wurde mindestens zehnmal angehalten. Tintrenale ist ein kleiner Ort; die Wellen einer Neuigkeit, die in diesen kleinen Teich fällt, breiten sich rasch bis in die engen Grenzen des Ortes aus, und obwohl Mr. Trembath erst am Vortag von mir gehört hatte, wusste die ganze Stadt, dass ich am Leben war, dass ich in Falmouth war und dass ich auf dem Weg nach Hause war. Wäre das nicht der Fall, hätte man mich wie einen Geist angestarrt und wäre behende an Gesichtern vorbeigegangen, die sich in sprachlosem Erstaunen mir zuwandten. Jetzt musste ich Hände schütteln; jetzt musste ich Fragen beantworten und mich dabei mit so viel Anmut wie möglich davon lösen.

Als ich zu Hause ankam, brauchte ich nicht anzuklopfen. Meine liebe Mutter stand am Fenster, und der Schnelligkeit nach zu urteilen, mit der die Tür aufflog, hatte sie eine Dienerin in der Diele postiert, die bereit war, mich auf ihren ersten Schrei hin einzulassen.

'Liebe Mutter!'

„Mein geliebtes Kind!"

Schweigend drückte sie mich an ihr Herz. Meine Kehle schwoll an und sie konnte vor Weinen nicht sprechen. Doch die Freudentränen waren bald getrocknet und in wenigen Minuten lag ich neben ihr auf dem Sofa, unsere Hände verschränkten sich.

In der ersten Eile und Freude über ein solches Treffen wird vieles gesagt, was die Erinnerung nicht ertragen kann. Es gab eine Menge Fragen zu beantworten und zu stellen, von denen keine irgendeinen Bezug zu meinen seltsamen Erlebnissen hatte. Sie sah etwas dünn und erschöpft aus, als ob das Ärgern zu einer Gewohnheit geworden wäre, die sie nicht so leicht abschütteln konnte. Ihr schneeweißes Haar, ihr liebes altes Gesicht, ihre trüben Augen, in denen ein Herzenslicht heiliger, ehrfürchtiger Begeisterung lag, die zitternden Finger, mit denen sie mein Haar streichelte – auch das heimelige kleine Wohnzimmer mit dem Tanz des Feuerspiels in den schattigen Ecken des Zimmers, seine zwanzig Einzelheiten an Bildern, die Anrichte – ich weiß nicht, was sonst – die mir mein ganzes Leben lang vertraut waren, und an der sich tatsächlich zum ersten Mal die Augen meiner Kindheit öffneten – ich konnte kaum glauben, dass ich endlich wieder in meinem alten Zuhause war, dass die Stimme meiner Mutter in meinem Ohr klang, dass es ihre geliebte Hand war, die mit meinem Haar spielte, wie ich es manchmal kaum glauben konnte, dass ich auf See war und hilflos an Bord eines winzigen Floßes unter den Sternen trieb.

„Mutter, hast du die Nachricht erhalten, die auf eine Tafel geschrieben und von den Leuten auf dem Kapdampfer auf der Heimreise gelesen wurde?"

„Ja, vor vier Tagen; aber erst vor vier Tagen, Hugh! Ich dachte, ich würde dich nie wiedersehen, mein Kind!"

„Nun, Gott sei Dank! Uns beiden geht es gut – ja, uns dreien geht es gut", sagte ich. „Der Dritte wird in diesem kleinen Heim bald ebenso wertvoll sein, Mutter, wie jeder von uns, der je unter seinem Dach geschlafen hat."

„Was sagst du da?", rief sie aus.

„Beruhigen Sie sich, hören Sie mir zu und folgen Sie mir bei den Abenteuern, die ich Ihnen erzählen werde", sagte ich, zog meine Uhr heraus und sah darauf.

Meine Worte würden ohne weiteres erklären, warum sie in meinem Kopf etwas von einer Bedeutung wahrnahm, die weit über meine Abenteuer hinausging; aber die Instinkte der Mutter gingen noch weiter; ich schien einen Blick in ihr zu erhaschen, als ob sie halb erraten hätte, was ich ihr später erzählen würde. Es war ein Ausdruck von gemischter Besorgnis und Protest, fast so vorausschauend, als ob sie gesprochen hätte. Gott weiß, warum sie so andeutete, sie sei auf etwas gestoßen, das für sie noch immer ein Geheimnis war, da man annehmen könnte, dass der allerletzte Gedanke, der ihr in den wenigen Wochen meiner Abwesenheit von zu Hause kam, war, dass ich draußen auf dem Meer einen Liebsten gefunden hatte. Aber es gibt eine subtile Eigenschaft im Blut derjenigen, die eng verwandt sind, die den Instinkten so interpretiert, als ob das Auge die Fähigkeit hätte, die Tiefen des Herzens zu erforschen.

Ich begann meine Geschichte. So kurz ich konnte, denn ich hatte keine Stunde mehr vor mir, erzählte ich meine Erlebnisse Schritt für Schritt. Ich brauchte nur den Namen des Mädchens auszusprechen, um zu sehen, wie sich die Eifersucht und der Argwohn auf den zusammengepressten Lippen der lieben alten Seele verhärteten und ihre Aufmerksamkeit ernster wurde. Ich hatte viel über Helga zu sagen. In Wahrheit drehte sich meine Geschichte fast ausschließlich um Helga: ihre Hingabe an ihren Vater, ihre wunderbare Seele in der schlimmsten Not, ihre fromme Ergebung in den Schlaganfall, der sie zur Waise gemacht hatte. Ich legte meiner Mutter ein Bild des Floßes vor, die sternenbeleuchtete Dunkelheit der Nacht, den sterbenden Mann mit dem Porträt seiner Frau in der Hand. Ich erzählte ihr von Helgas heldenhaftem Kampf mit der Qual des Verlusts, von ihrer Gebetshaltung, als ich die Leiche zu Wasser ließ, von ihrem Gebet im kleinen Vorschiff des Loggers, wo die schwache Laterne das Bild ihrer Mutter schwach enthüllte, vor dem das süße Herz kniete. Meine Liebe zu ihr und mein Stolz auf sie waren in meinem Gesicht zu sehen, als ich sprach. Ich spürte das warme Blut in meinen Wangen und meine Gefühle verliehen meinen armseligen Worten Ausdruckskraft.

Manchmal brach meine Mutter in einen Ausruf des Staunens oder der Bewunderung aus, manchmal stieß sie einen Seufzer des Mitgefühls aus; Tränen standen ihr in den Augen, während ich ihr vom Tod des armen dänischen Kapitäns erzählte und von Helga, die im kleinen Vorschiff kniete und betete. Als ich fertig war, blickte sie mich einige Augenblicke schweigend ernst an und sagte dann:

„Hugh, wo ist sie?“

„Bei Mr. Trembath.“

„Sie ist in Tintrenale?“

„Bei Mr. Trembath, Mutter.“

„Warum hast du sie nicht hierher gebracht?“

„Ich wollte die Neuigkeiten bekannt geben.“

„Aber sie ist deine Freundin, Hugh. Sie war eine gute Tochter und sie ist ein gutes Mädchen. Dafür muss ich sie lieben.“

Ich küsste sie. „Du wirst sie lieben, wenn du sie siehst. Du wirst sie immer mehr lieben, je besser du sie kennst. Sie soll meine Frau werden. Oh, Mutter, du wirst sie willkommen heißen – du wirst sie in dein Herz schließen, so freundlos und arm sie auch ist; und so zärtlich, so sanft, so liebevoll?“

Sie saß eine Weile nachdenklich da und spielte mit ihren Fingern. Meine Erzählung hatte den Anflug von Argwohn und mütterlicher Eifersucht angenommen, von dem ich gesprochen habe. Sie dachte ernsthaft nach und zeigte dabei einen Ausdruck der Güte.

„Du bist zu jung zum Heiraten, Hugh.“

„Nein, nein, Mutter!“

„Auch sie ist noch sehr jung. Wir sind arm, Liebling, und sie hat nichts, sag du es mir.“

„Sie ist eines dieser Mädchen, Mutter, die nichts haben und doch alles haben.“

Sie lächelte und streichelte meine Hand, drehte dann wie in Gedanken versunken den Kopf und heftete ihren Blick eine Weile auf das Bild meines Vaters.

„Wir wissen nichts über ihre Eltern“, sagte sie.

„Sie hat das Porträt ihrer Mutter. Es erzählt seine eigene Geschichte. Wir wissen, wer und was ihr Vater war. Aber du sollst sie befragen, Mutter. Ich sehe sie neben dir knien und dir ihre kleine Lebensgeschichte erzählen.“

In diesem Moment klapperte der Haustürklopfer mit einer Hand, von der ich genau wusste, dass sie keinem anderen Mann als Mr. Trembath gehören konnte. Ich war zu ungeduldig, um auf die Ankunft eines Dieners zu warten, eilte zur Tür und brachte Helga ins Wohnzimmer. Der Geistliche folgte mir, und als Helga in der Tür stand, blickte er über ihre Schulter zu meiner Mutter. Das liebe Mädchen war blass und nervös, aber sie sah unbeschreiblich süß und frisch und schön aus, und mein Herz hüpfte in meiner Brust bei dem Gedanken, dass meine Mutter sie nicht sehen konnte, ohne gewonnen zu werden.

Die Pause dauerte nur einen Augenblick. Meine Mutter stand auf und sah das Mädchen an. Es war ein rascher, durchdringender Blick, der in einem schönen, warmen, herzlichen Lächeln verschwand.

„Willkommen in unserem kleinen Heim, Helga!“, sagte sie, trat auf sie zu, nahm ihre Hände, küsste sie auf beide Wangen und zog sie zum Sofa.

„Also, auf Wiedersehen fürs Erste, Hugh“, rief Mr. Trembath.

„Ich werde Sie begleiten“, sagte ich.

„Nein“, rief meine Mutter, „bleib hier, Hugh! Das ist dein Platz“, und sie bedeutete mir, mich neben sie zu setzen.

Herr Trembath verschwand mit einem freundlichen Nicken.

Meine Geschichte endet, als der würdige kleine Geistliche die Tür hinter uns dreien schließt. Als ich mich an diese Arbeit setzte, hatte ich nicht mehr vor, als die Abenteuer eines Monats zu erzählen; und jetzt lege ich meine Feder sehr zufrieden nieder, sodass ich Sie, die Sie mir gefolgt sind, über den Ausgang von Helgas Bekanntschaft mit meiner Mutter im Klaren bin, obwohl es über meinen Plan hinausgehen würde, mehr darüber zu sagen. Ich fand auf See eine Geliebte und machte sie an Land zu meiner Frau, und es kam eine Zeit, in der meine Mutter auf ihre dänische Tochter ebenso stolz war wie ich auf meine dänische Braut.

Als wir auf dem Meer waren, hatten Helga und ich oft darüber gesprochen, nach Kolding zu fahren, aber bis jetzt haben wir diesen Ort nicht besucht. Sie hat dort nur wenige Freunde und die Reise ist lang, aber wir reden ständig davon, einen Ausflug nach Kopenhagen zu machen. Allein die Vorstellung davon macht uns vielleicht genauso viel Freude wie die Reise selbst. Durch die freundlichen Dienste des dänischen Vizekonsuls in Falmouth konnten wir die wenigen ärmlichen Sachen, die Kapitän Nielsen in seinem kleinen Haus in Kolding zurückgelassen hatte, unterbringen und uns auch das Geld auszahlen lassen, mit dem er sein eigenes Unternehmen in dem gescheiterten Frachtschiff versichert hatte.

Licht der Welt dachte . Hätten wir es nach England oder in einen Hafen bringen können, wäre unser Anteil an der Bergung zweifellos eine kleine Mitgift für Helga gewesen, denn obwohl ich die Papiere des Schiffes nicht gesehen hatte, konnte ich vernünftigerweise davon ausgehen, dass der Wert der Ladung zusammen mit dem der Bark selbst mehrere Tausend Pfund betrug, und da wir uns nur vier Leute teilen mussten, hätten Helgas und mein Anteil uns sicherlich eine schöne, runde Summe eingebracht.

Und was war das Ende dieses Schiffes? Ich habe die Geschichte gehört; sie fand ihren Weg in die Zeitungen, aber nur in kurzen, unzureichenden Absätzen. Die ganze Erzählung ihrer Abenteuer, nachdem wir von ihrer farbigen Mannschaft aus ihr herausgelockt worden waren, ist eine der seltsamsten Seeromanzen, die ich je erlebt habe, obwohl ich mich mit maritimen Angelegenheiten beschäftige. Eines Tages hoffe ich, die Geschichte erzählen zu können; aber für den Moment werden Sie meinen, dass ich genug gesagt habe.

DAS ENDE.